黒い裾

kōda aya
幸田 文

講談社文芸文庫

目次

黒い裾

勲章

身にはまっくろなしきせ縞を纏《まと》っていた。帯は更紗の唐草が薄切れしていた。その帯の腰へ、その著物《きもの》の膝へ、楯の如くギプスの如く遮断扉の如く、ぎりっと帆前掛《ほまえかけ》がかかっていた。三十四歳、私は新川《しんかわ》の酒問屋の御新様《ごしんさま》から、どしんとずり落ちるやとたんにしがない小売酒屋の、それも会員組織といえば聞えがいいが謂わばもぐりでしている、常規の店構えさえないうちのおかみさんになっていた。昭和十二年四月末、世は前年の二・二六事件を不消化のままに、やがて三月後に起る日支事変を孕んで、漸《ようよ》うに劫風《ごっぷう》の軸は旋《めぐ》っていたし、つれて起る大小さまざまの渦巻き風になぐられて、おもわぬ隅の芥《ごみ》まで誘われて舞いつ揉まれつ、はじのはじの一塵が私だった。

　電話一本、小僧一人をたよりにする商売は、青黄色い亭主の顔と対《むか》いあってる暇《ひま》を無くするためにも、私は神経と身体《からだ》をふんだんに酷使していた。そのとき行ったのは堀の内の奥、私のはじめて行く得意であったが、小僧君の怱卒《そうそつ》に書いてよこした地図はまったく東西を顚倒していたので、むだな努力に時を費やし、そこの奥さんは明らかにおそい私の配達に腹をたてていい、帰りには意地悪く一度に五本の空罎《あきびん》をひきとらした。空罎をひきとることはきめであったから否やはないが、自転車に乗れない私を察して五本一度にかためて出す家はまあ無かった。用意の細引に三本と二本と二タ荷にくくった。

私には腕力があった。露伴さんのお嬢さんと云われて、もやしみつば育ちのようなふうにあしらわれ、風にもたまらぬ性《たち》に扱われるのがいやさにばかな力業《ちからわざ》に堪えた。四斗樽は普通二十三四貫あるものだが、どうやらこつを覚えて人を驚かした。一升罎は約八百匁あった。註文とあればエレベーターの無い五階へ六本一度に運びあげもした。五本の空罎は何でもないが、一句のことばにも人情は左右された。いくら振りすてようとしても露伴家育ちの高慢ちきと御新様あがりのあまったれは交互に頭を出し、労働はめきめき上達しても、心がらの入れかえはたやすいものでない。この姿！　小僧の著るしきせ縞は心《しん》から底からの商人の筋に生れついた姑《はは》のくれたものである。帯の更紗は著崩れしないため、木綿に木綿を配すれば互に嚙みあうのである。帆前掛、船の帆布でできているからその名がある。まわしのように幅が広くて、まんなかに酒のしるしまえがでかでかと印刷してある。一種の広告も兼ねているから、酒界之華とか飛切極上とか名声布四海とかは無論、醸造元やら扱店やら盛り沢山にべたべたと、およそ見ざめのする華やかさである。櫛巻《くしまき》でない洋髪の女が、小肥《こぶと》りでない背高な女が、それを掛けていることは宣伝であった。もっと云えば露伴の娘が掛けてこそ帆前掛の効果は最も挙がるのであった。これは私の夫の提案であ未熟な心を裹む著物というものはこわい。逆に云えば著物は人の心をあやなすものである。しきせ縞は私にユニフォームであり、職業への精進と誇りをもたせ、前掛はあらゆる矢を防ぐ楯であり、人生の骨折を庇うギプスであり、内心の憤懣をうちに隠す遮断扉であった。

前年、朝日新聞は社会面の記事に私を扱った。酒仙露伴博士の令嬢が酒屋を開店、奥様業から街頭へ、師走微笑篇としてある。もちろん記者その人の筆は寸厘たりと記事から私《わたくし》に曲げられるべき筈はないけれど、周囲に好意はことごとく読めていた。主人はお礼をすべきだと云って、早速「一杯」を小僧に届けさせた、むだだという私をしりぞけて。果して小僧は帰って来た。「ばかにすんない、朝日の記者だぞ、見そこなうなと云いやがってね」とぶつぶつ膨れて報告した。その人の名も何もいまは忘れてしまったが、なつかしい。そのときその人が私にはなんと溌剌と見えたことか、しょげた夫がなんと気の毒に傷《いた》ましく思えたことか。それもこれもしきせ縞と前掛が私の心の口を、蓋《ふた》してくれて過ぎていた。

往きに手間どって齷齪《あくせく》した私は、それだけ時間にずれが来て、帰り路にも心はせいていらいらした。空罎五本をひきとらされて、きょうの勘定の薄くなっているときに、一区何銭のバスに乗るのはつらかったが、それもしかたがない。罎からは腐敗した酒の香があがって来、バスの最後部は揺れがひどかった。小売酒屋というものは、夕方のいっときに思い設けぬ商売のあるものだった。伝票一枚書くのにもレッテル一つ貼るのにも、のんびりやってる夫と、眼を放せばいきなり腑ぬけになってしまう小僧とをおもえば、走るバスの中にいる身の足が駈けだしたいようだった。

バスは日比谷を過ぎて築地まではもう一ト息、新橋側の屋根の稜という稜は皆ぴかぴかと光って、まぶしく見あげる眼に暗く、お日様はどこにいるのやらもう沈んだのやら、京橋側は一面にただ明るいばかり。数寄屋橋。一条の水、夕映《ゆうばえ》の水、離れて久しいふるさとの水、隅田川、郷愁が水につらなり胸に流れた。一波千波、とろりと静かな残照のそのなかに、輝きなきせせらぎが、こめかみのあたりにちりちりと流れて見えた。はっとした。ねじりきった身の眼の限りに、ロハンという字が顫え顫え消えた。脳溢血！ 朝日新聞だ。ニュースだ。尾張町から夢中で駈け戻った。十字路。

交番の横へ立った。電光の帯は淡く流れていたが、私には何も読めなかった。ふたたびロハンの三字がちぢれて消えた。脳溢血が凍りついている以外、なにも思わずただ見つめた。突然嘔吐が襲った。出すまいと舌の根に力を入れた。あとからあとからとこみあげて来、歯は苦酸《にがず》っぱいものに浸された。空罎を置いて交番の裏へまわった。尿臭が鼻を衝いた。苦しさに洟汁《はなじる》と涙が一緒に出た。ハンケチは茶色に染まった。又ふり仰ぐと、ワガ国サイ初ノ文化クン章と読めた。三たびロハンが通る。おだやかに光って。

空は見るうちに、薔薇色を薄紫に変えて行った。なににも殆ど堪えられなかった。前掛の褄《つま》を三角に折って、ぎゅっと腰にはさんだ。空罎を取りあげて両手にさげた。そこに、眼のさきに長い柳の糸が昏《く》れていた。身体のまわりにさみしさが罩《こ》めてい、頭がずきずき痛かった。さっさと歩いて帰った。案の定、註文は来ているのに酒は底をついていた。それだけのことにもう一杯になっている夫は、もちろんニュースを知らないのだろう、勲章については一ト言も云われず、云わず、私はすぐ新川へ荷を取りに駈けつけねばならなかった。

問屋の習慣は何か特別の水揚げでもない限り、日の入り前に蔵の表戸はぴたりぴたりと錠さされ、店の大戸も締められてしまうものだった。帳場の番頭さんはそれぞれ帰ってしまうと、あとは店の二階へ寝泊りする連中、一ト口に「たるころがし」といわれる血気いっぱいの若者たちだけになる。碁将棋・雑談・間食、たまり場はむんむんする男の気がこめていた。飛びこんで来た私を迎えて彼等は立ちあがったりいずまいを正したり、口々に挨拶をする。ことばは丁寧に祝儀は賑かに云うように、彼等は教育されている。――「大旦那様おめでとうございます。御名誉なこってございます。小石川の旦那様御立派なこってございます。お祝い申しあげます。」

文字に疎く、ひとすじに労働に打ちこむ彼等の眼は、単純に喜びをのべていた。露伴の何がえらいのか、勲章の栄誉がいかなるものか、彼等はおそらく知らない。そういう私もまた彼等に近い人間だった。知らなさから云えば、露伴何者、栄誉何ぞ、答え得ない。彼等の祝賀は、しかし私を喜ばせた。祝いに応えて何かふるまいたかった。蕎麦がおごりたかった、菓子が買いたかった。いささか散財して、この浅しといえど濁らざる彼等とともに父を祝いたい心がしきりだった。しかし懐中わずかにあるものは、堀の内でうけとった代金三円二十銭と他にすこしばかり、乗物の回数券。ええ、ままよ。気のきくいい奥様ぶりはすでにきのうであった筈だ。自力では三度もろくに食えないことを忘れてはならなかった。若者が立って蔵の鍵をがちゃりと取って、外へ出て行った。往来からはオート三輪にエンジンをかける爆音が聞えて来た。すべて彼等の時間外特別サーヴィスなのである。「一緒に乗っていらっしゃいますか。」裏も表も同じようにきたない座蒲団なのは、彼も私もよく承知のことだったが、それをしも裏返してくれる親切は快かった。筋肉は暖く皮膚はつめたく風を截《き》った。星があった。

その夜、私は萎《な》えていて小石川へたずねられず、心だけが馳せまわった。妻と別居している父の身のまわりが、不行届きがちなのは知れていた。新聞社の人が大勢来ただろう、来客も多いだろう、茶碗も座蒲団も足りなかろう。馴れているとは云え、主婦のいない家の年若い女中がこれだけのことを取りしきれる筈がない。かわいそうにうろうろしているだろう。いったい授勲はまだ発表だけのものなのだろうか、もはや授与されたものだろうか。服装の指定もあったろうに、どうしたろう。つりあった帽子や履物《はきもの》が調《ととの》ったろうか。空な心の使役は甲斐ないと知りつつ、又いつとなしに何やかやがこまごま想いやられ、果《はて》はわが身の屈託に落ちた気をとりなおして、あすはお祝いに行かなくてはと思う心に喜びも元気もなかった。数時間まえ、蔵の若い衆と談笑したときに、私の喜びも祝い心もことごとく尽されたのじゃないのだろうか。そう思って、また寂しかった。なんたるともしいわが心なのか。人の喜びをわが喜びとせよ、と教えることばがあるじゃないか。父の栄誉に勇み立たぬ子というものがあるだろうか。たがいに一人の父だのに子だのに、私はなんという子なのだろう。おもえば谷の底にあやめも分かずいるような私だ。はるかに仰ぐ父のすがたには、霞がこめてさだかでない。

　まだずっと小さいとき、晩酌の膳の向うにすわって私は聴いた。獅子は仔が肥立つと、千仞《せんじん》の崖から蹴《け》落《おと》してためすという。勇健な仔は、落ちたと知るや空を蹴って躍りあがる。ふわりと底に下りて、あらためて四肢を張り眼を配り、だんだん飛びに苦もなくあがる仔もある。岨道《そばみち》をめぐりめぐり辿り帰る仔もいる。位はそれで定《きま》る。自ら道をひらくこともせず、ひくひく泣きわめくものに親は、食われてしまえと云う、と。私はその仔にひかれて泣いた。自分がのちにそのあわれな仔になるとは知らず、弱いもののために、かわいそうだからと云って憐れみを願った。「おとっつぁんなら無論かわいそうだと思うよ。だけど獅子はいくじのない奴は嫌いなんだからしかたがない。」その後、くりかえしてその話を聞かされる毎に、獣の王なる獅子の親の、食われてしまえと云う憎たらしさにいらいらした。あるとき父の云う一瞬前を淩《さら》って、「食われてしまえ！」とばかりどなりつけた。強者へのいっぱいの鬱憤と弱者へのいっぱいの同情とをぶちつけたつもりだった。父は笑いだしたが、私には涙がたまっていた。それから父はもうあまりその話をしなかった。笑う筈である、私の投げつけたつもりのことばは親獅子の云うことばそっくりそのままだったのだ。

しかし私はながくこれに気づかず、食われてしまえということばには一種の爽快感をもっていた。何十年かして、小さい孫娘に父は又この話を聞かせている。そばにいた私は、だいぶ穏かに潤色してあるなと思いながら聞いていた。食われてしまえとは云わない、「ぴいぴい泣いている声を聞いてね、ほかの獣《けもの》がやって来てたべちまうのさ」と云った。孫は子と違っていた。「たべちまうとどうなるの。」「死んじゃうね。」「死んじゃうとどうなるの。」「いなくなっちゃうね。」「いないとどうなるの。」「おしまいさ。」やや間を置いて、「おいや」と孫は自分におの字をつけて云った。人の頭はおかしなものだ、このとき私はとたんに、かつてどなったことばが何であったかと覚《さと》ったのであった。恥と困惑があった。

私は父の学問のたけを知らない。芸術のゆきも理解しない。運も実力も、人物の幅ともなれば更によく知らない。いくら知らないとは云え、父を文学界の獅子王だなどと、たわけたことはまさかに思っていない。父と私とのつながりは、ただこれ親と子の人情のゆきかいでしかない。もし子という特殊の歪みを平気で云うなら、父にはたしかに獅子的なもの、食われてしまえ的な、蹴落しテスト的なものがあったと云える。これを思うといつも私の胸はしこった。おしならべて三ツ敷いた床の、夫のも子のも平安であったが、暗いなかに私の神経ばかりが荒れていた。百人千人に超えた人とは何だ、その親に百人千人なみの子が結ばれている因果とは何だ。――枕の蔽《おお》いが濡れひろがった。逆目立った後に崩れた心の果は、涙が慰めてくれ、泣き納まりに睡った。

明ければ、きょうは又きょうの心になっていた。小学二年のとき私は二度目の母を与えられたのだったが、家人の注意が行届かなかったために、学校という集団から「ままは」のいやな感情を先ず植えられてしまったのは痛手だった。それに懲りているので、そのときちょうど同じ二年生の娘が勲章と露伴に煽《あお》られて、あったら優しい子供の気だてを妙な思いあがり根性にそこないたくなかった。事実を一ト通り話してやった上、こちらから教えるよりさきに、「玉子はどんな気がする」と訊いた。「おじいちゃまは嬉しがってるの?」私はぐっと詰った。勲章の強い観念ももたず、母が返辞に困ったのも知らぬげに重ねて、「おじいちゃま嬉しければ玉子も嬉しいの、おじいちゃまいやなら玉子もいや。」か細い足が、とんとんと石段を躍ってランドセルを鳴らし、私は子供の心を信頼した。

午後、小石川へ行った。久しぶりで行く実家《さと》。親にも子にも隔てはないというものの、何かが皆いすかの嘴《はし》にぐれてきている上に、無沙汰をしてはなおさらのこと、親しいだけにいやなこともこまごまと重なっていた。金のこと、義理のこと、人情のこと。父は私を憐れんでいるのもたしかであったが、同時に疎《うと》んじ、癪《しゃく》にさわっているのも私は決して見のがしていず、会うには先ずさきに身を固くせずにはいられないような畏れをもっていた。父という人は変な人だった。ひっぱたいたその鞭で、すぐに花の美しさ雲の美しさを指して教え、腑わけをした庖丁でたちまち美味を味わせた。私のまわりの誰もがそういう芸当をもっていなかった。惹かれる力には底づよいものがあった。忸怩《じくじ》たる心と尾を掉《ふ》りたい気と、どこまでも拒絶したさと謙虚に愛されたさと。

玄関には黒い自動車がとまっていた。人眼を恐れて私は勝手口からはいって、帆前掛を外《はず》した。台処には斗樽《とだる》に罎詰にとならんでいた。大盤台小盤台青竹の籠などに海のものが豪勢に盛りあわさり、早なりの畑のものが美しく彩《いろど》っていた。思いはかって来たことながら、そのみごとな贈り物の前に心がいじけた。私はしるしばかりの祝いに持って来た手前ものの酒の罎を、そっとそこへ置いた。どこもかしこも皆ばくばくと明け放したなりに、女中たちの影はなかった。茶の間はもっと散乱していた。奉書に御祝何某と楷書に畏《かしこ》まったのや、名刺や手紙があちこちに、茶簞笥の上には何やら山積し、抽出《ひきだし》からは物がはみ出し、畳へじかに茶碗がべたべたとならべてあった。父の座蒲団は斜に場処を崩し、誰の手拭かその上にだらしなく載っている。私はすわって待った。

二階から、とととと下りて来た足音は、玄関から小間を抜けて、ここへは寄らずに台処へ行った。こちらから声をかけた。現われた彼女は、「あら来ていらしたんですか」と立ったまま腰も折らず、正しい挨拶はしなかった。見れば小綺麗に著かえていて、化粧は濃かった。「おとうさんおめでたいことだったわね」と誘っても、「ええ、もう忙しくって」と云い云いさがって行く台処で、がたぴしと明けたり立てたりが聞えた。「お客様どなた。」私は訊きに立って行った。見ると今はいって来たときにあれだけあった魚は、一ト折を残してすべて影を消していた。「さあ、どなたですか、私は存じません方《かた》です。」一体どうしたというのだ！　不可解だった。不快がむらむらと起った。しかたがないから引っかえして、また茶の間にすわっていた。恥しかった。新しい客が来、先客は帰るらしかった。不断から著物の裾《すそ》を緩く著るのが好きだった彼女は、忙しげに私の前を往き来し、赤いものをふんだんにひらめかした。私はきょう子供を連れずに一人で来たことを、せめてよかったと思った。

父が下りて来て、ややあと云いながら小走りにはばかりへ行った。私は父の蒲団を払って直した。祝いの挨拶を待ってすぐと父は、「おまえ元気か」と云った。一ト言に温泉のような気があった。たわいなく私はほぐれて行った。うかがえば疲労が見える顔だった。「お客様でお疲れでしょう。」「ああ、なにしろうちの者たちは憑きものがしたようになっちまってるんでね、何も彼もめちゃくちゃだよ。誰にも彼にも会わなくちゃならない義務があるように思ってるらしいんでね。」すこし待っていろ、すぐ済むから、と云う父にそむいて、私は暇《いとま》を云った。父は魚を私にと云いつけた。貰って帰ったのはさっき一ト折だけしまわずにあったそれだった。ひらめの皮がしかんでいた。

子供は楽しげだった。祖父からの魚をたべながら学校の話をした。「先生が文化勲章のお話したの。みんなが幸田さんのおじいさんそんなえらい人なのって訊いたから、そうだって云ったの、みんなが勲章見たいって云った。」小さいあどけない群れよ。

翌日、子供を連れて行った。父の髯にはコスメチックがついていた。たちばなは勲章というより優にやさしかった。祖父は孫の白いブラウスの胸にそれを掛けた。まっさきに子供が、ふふふと笑った。私は魚の礼を云った。父は子供に、「鯛はおいしかったか」と訊いていた。鯛もひらめもわからない娘は、「おいしかった」と云った。事実それは上々《じょうじょう》の魚であったことに違いはない。が、私は一生女性のいやらしさを、ひらめという魚とともに忘れまいとした。

夫にも私にも資力がなかった。気はついていても押し殺すよりほかはなく、翌月延子叔母が発起で叔母宅で親類中の祝宴が開かれた。質屋はどうしても私に、水をくぐった縞の著物よりほかを許してくれなかった。従姉妹《いとこ》の一人は、「あんたそのなりはどうしたの」と云った。無言の顰蹙《ひんしゆく》より率直な無遠慮は、まだまだずっとましだった。ピアノと、花と、花にまがうクッションと、料理と、人々の和気の間に、父の席とは遠く私は座に堪えた。

六月、小泉信三・渋沢敬三・斎藤茂吉・岩波書店・中央公論社・改造社等の発起で、東

京会館に祝賀会が開かれた。岩波の小林さんが再三私たち夫婦を誘った。その朝も訪ねてくれて、「先生がお一人なのはさみしい」と云った。私はその情に敗けなかった。が、その帰って行く足音は一ト足一ト足消えて、あともなお寂しく聴いていた。勲章に対応する私の心は空寂でなければならないと、唇を嚙んでいた。

その夜、父は祝辞に答えて、芸術は必ずしも恵まれた環境を必要としないと云っている。勲章の惹き起した功利や感情のなかに泰然としている父を、りっぱな男だとおもい、そのりっぱさを私は、孤瘦《こそう》なりっぱさであると思った。

親は勲章をかけ子は前掛をかける、——一葉女史の甥にあたる樋口悦さんがそう云った。表面だけにも弱みを見せたくなさから、けらけらと笑ったが、前掛は手ごわいあらあらしさを以て、たなごころを、心をこすった。勲章はふとした機会で戦火を免れてのこっているし、このことばも今なお万斛《ばんこく》の慈味となって私に遺っている。帆前掛の触感も、ときに生々《なまなま》とよみがえって、ぎりっと膝を裹《つつ》むことがある。

姦声《かんせい》

はじめてその男を見かけたのは結婚式の前々日、荷物をあちらへ送るときだった。婚嫁先は酒問屋だったからトラックや人手間に不自由はなく、なまじ見知らない運送屋に頼むよりはうちうちの者の方が気心が知れていて便宜がよかろうという計らいで、先方から寄こされた人たちであり車であった。荷物の運びだされるざわめき、かけ声や手短な合図は十分時と処をわきまえている様子のうちにも、きびきびした若ものの声であった。そのなかに一人、耳に障《さわ》るいやな声があって、それは頭株らしく何やかや指図をし、また重い物をとりあつかうらしいけはいだった。声は男にしては高音で、俗にいう割れ声だった。おもちゃの喇叭《らっぱ》、ブリキ製のあれに似た声だった。いやな声だなあ、とおもった。挨拶に顔を出さないわけには行かなかった。いずれも腕っ節のしっかりした若ものだったが、ちらっと見たその男は一ト際《きわ》眼立って恰幅《かっぷく》よく、黒いジャンパーにゴルフパンツのような半分のズボンを著《つ》け、もう年配であった。トラックの運転手だった。

私たちの新しい住いは店とは離れた地区にあったが、隠居所は店の構えのなかにあったから、結婚直後は儀礼的にも実際的にも姑《しゅうとめ》への往きかいが多く、ははと対《むか》いあって話しているときにも、ふと聞えて来る割れ声は私の神経にざらっと触《さわ》り、またあれがいるなと意識させられた。

一ヶ月するとすぐに正月であった。店の人たちは年礼を簡単にするためにトラックへ乗って主人たちのうちを――三人の合資だったから――廻った。玄関は履物が格子《こうし》の外まで溢れてしまっていたし、八畳の部屋は障子を外さなくてははいりきれない人数でごたごたし、一番あとから運転手が履物を整頓しながらあがって来た。主人は私立大学をびりで卒業すると、さしたる希望もなくただ何となく外国へ留学した。七年をその地で過し商事会社にもいて、帰国、結婚した。大勢のなかで見る夫は人のいい鷹揚《おうよう》さはあっても、力の足りない顎骨《あごぼね》のあたり、いたわってやりたいような風であった。親子二代とか三代とかいう番頭さんたちには商人《あきんど》の膏《あぶら》がかぶさっていた。天下太平、御代《みよ》の春じゃという体《てい》の安逸と保身が、腰の低い慇懃《いんぎん》さのなかで醞醸《うんじょう》していた。若い手代たちはそれぞれ洋服にも羽織にも気をつかって、身だしなみよくちんまりしているが、規模のちいさい人生への期待に焦慮している様子がうかがわれる。蔵で働くものは又、びりんとしたものをもっていた。昔風な特殊労働者気質を身につけているものの、新しい時代の動きにも刺戟されているその混迷はあるにしろ、どっちみち体力をかけた日常は軽く扱いがたい根性をもっていた。見わたしたところ極く平凡な全体が私たちの新居の客間で、平和に新年の祝杯をあげていたが、異彩は彼であった。

どこのうちでも運転手の席次は低いものであるらしく、ここでも彼は末座にいて、例の声をあげていた。彼の元旦の盛装は異様にりっぱである。猫のごとくしなやかに、ゆかしいほどにも黒いモーニングの生地はあちらものと思われ、仕立は労働者の筋肉を蔽《おお》ってまことに高級紳士向である。まっ白なカラやカフスから出ている皮膚は肌理《きめ》あらく荒れていたが、何よりも体全体の厚みがものを云って堂々たるものであった。私ははじめてゆっくり彼を見た。太い猪首《いくび》はカラで締められて肉の段々をこしらえてい、硬《かた》そうな耳、顔の幅の三分の一を占める鼻と鼻の穴、黄いろく濁る眼にかぶさるほど接近した濃い眉、眉から二指の間を保ったさきは生え際だった。上に行くほどせばまった顔にのっかった五分刈頭は、光る毛もまじって地肌が赭《あか》かった。重厚な体じゅうのどこからも割れ声の原因は見つけ出せなかったが、妙にちいさいその頭に関係あるもののようにはおもえた。彼は爪先の細い紳士靴でトラックのアクセルを踏み、番頭さんも樽ころがしさんも一緒くたに運んで帰って行った。

その後私は自然にいろいろなことを聞き知った。彼の前身は満洲のある馬賊の一の子分であったこと、銭湯で見る太股《ふともも》の凄い刀痕《かたなきず》はその時代のなごりであること、満鉄の何とかいう人の奥様にひそかに及ばぬ恋をして、それが又えらく深刻にプラトニックなもので、その人が内地へ帰るともう寂しくて矢も楯もたまらず、脅迫をくぐりぬけて馬賊を廃業し内地へ帰って来てしまったこと、そんなまことがましく嘘っぱちらしい話などを知った。蔵の働き手たちはプラトニック・ラヴが大好きであった。自分たちの理解以外の非常に神聖な色事としてあこがれてもおり、又それをむざんに踏み破らせることの想像はこの上ない昂奮らしく、残虐嗜好がありありと見えていて、自分たちのする即《つ》いた離れたの情事よりはるかに楽しい話題らしかった。彼の恋を私は、なんだか聞かせらしいと云うと、彼等はまじめに、「だって御覧なさい、あのおかみさんは帰ってから貰った人だから、子供たちはおとっつぁんの齢《とし》にくらべてこまっかいのばかりうじゃうじゃしてるじゃありませんか。あいつは諦めきれないでそれまで独身でいたんでさあ」と証拠のように話した。

運転手というものは荷物を積み下《おろ》しして運搬する、決してそれだけのものではなかった。彼のメモは尨大《ぼうだい》にして明細である。積荷の埃《ほこり》のなかに営業成績の大体を計上推知し、主人番頭のからくりの秘密をつかみ、同時に蔵の誰が小遣に不足して新荷の樽へ錐《きり》を立て何升どこへ流した、などという微細なことまで腹に書きとめていた。その上同業のルートは網の目のように発達し、顔の馴染はどこにもあった。彼は店内の誰とも特別親しいという関係を作らず、一種の強さを見せ、ひとりいることを誇りとしているらしかった。

朝出勤して来れば、きっと隠居所の窓の下へ来て先代の老夫人に挨拶し機嫌をたずねた。齢をとった母というものは皆が差別無く大事にしなくてはいけない、という主張には全くの情がこもっていると人はうなずいたが、私はきざだと思っていた。主人たちには又それ相応なやりかたをする。自分は学問のない人間だから云うことに値うちはないだろうが、と前置をして人前でその私事をあばき、忠告めかしてがさつにしゃべった。番頭たちにはすべて揶揄とおちゃらけで通し、若いものには天下の風雲にあわせて新家庭建設の手段を説く。蔵のものには尽きざる猥談を聞かせ、聴くものは又あれかと思いながらつい口をひろげて笑ってしまうという。そして女中たちには絶対に親切だった。「あら、さんまたが毀《こわ》れちゃったわ。」「いいよ、おれが直してやる。」「困ったわ、この煉炭重くて持てない。」「いいよ、おれが持って行ってやる。」彼は又、おしゃれであった。包装の藁ごみにまみれ自動車の油に汚れ、疾走の砂埃を浴びていつもきたない。きたないを承知の上で、きたないまま気取っている。胸から襷《たすき》になった労働著《ぎ》のだぶだぶへ幅の広いベルトをきっちりと締めるのは、肥満を美化する最上の手段だった。鼻の両脇にどす黒くたまった埃の顔へ、光線よけの青い庇《ひさし》をちょいとずらして冠《かぶ》るのは、狭い額と小さい頭を偽装するに効果十分であった。彼の自慢は自動車だったが、それにもおしゃれが現われていた。主人に買ってもらったのは部分品だけだというが、全部彼の組立によるもので、塗料まで自分手に塗ったという。グリーンに白線をあしらって、見るからに小粋《こいき》に、しかもがっちりしていた。「肥《こえ》たご車《ぐるま》にゃ乗りたくねえ」と云っているだけに、なるほど都会のトラックだった。

住いもまた彼の手になるもので珍奇であった。普通のおんぼろ二階家をちょんぎって、階下《した》を広い土間にし、柱代りに払い下げのレール数本が二階をささえている。土足で梯子をあがった処はぴったりとドアで仕切り、ドアには小さい覗《のぞ》き孔《あな》がつけてあり、天井からのあかりは客の姿を隈《くま》なく明るく浮きあがらせるだろう。柱には呼びリンのポッチが赤く、壁には夜間受付とした郵便受の口が切ってある。家族は二階住いをし、炊事場も便所も彼一流の簡単なやりかたで階上に取りつけてあった。細君ははなはだしく糟糠の香気を発散させている優しい母型であり、ドア一ト重の内側は子供と散乱でいっぱいである。そのなかで眼を奪うものはベッドであった。彼だけがベッドに睡《ねむ》るらしく、壁際にこれもレール製のが据えてあり、うらぶれた室内の様子とは不似合な花模様の夜具がかかり、頭の上にはオレンジ色の豆電燈がつくようになっていた。

「云いだすと何でも思うようにしなくっちゃ納まらないたちでして、きっとお店《たな》へ伺いましてもさぞまあ」と細君は、ベッドに啞然としている私に云った。

「器用ねえ」と云うよりほか、ことばは出なかったが、ひとのいい人間の常で夫の能力を遠慮しながら誇り、スプリングもみんな自分で気に入るように作り、パッキングは高級車の古《ふる》を使って馬毛だと話した。

私に二度の春秋がまわった頃、店は砂の漏れるように崩壊の路を辿っていた。番頭たちはとうに老齢を楯に、店に見切りをつけて退身隠居していた。怠慢な主人たちは急にあくせくしはじめた。彼はだんだん主人に針を含んだ物腰を示し、それは情《なさけ》ある注意忠告ではなく侮蔑であった。夫よりも私の神経がそれに余計に刺戟された。ついに店はどんづまりに詰って、製造元の大きな会社に併呑《へいどん》されて終りを告げた。夫は離散の悲しみも上の空のように、あたふたと明日の糧《かて》の心配をしなくてはならなかった。外国での知識を活かして新しい商法で立って行きたいと口では云うものの、新生命をひらいて行くだけの旺盛な事業欲は無いらしく、会社が長年の誼《よし》みに従来の品物の取扱いを無条件で許してくれたのを力にして、ごくごく小ていな小売り業になって凌《しの》ぐことにした。とにかくなんでもかでも一ツの業にとりついていれば、それで辛《から》くも飢えないだけの米は得られたし、足りないところは人も気の毒がって援助してくれ、私の実家もまさか見殺しにもしなかった。

怖《お》じた中年の男の心は気の毒であった。夫は一ヶ月二ヶ月と過ぎるうち、だんだんに気力を喪失し、どうやら飢えずにいるということすらが元気を削減する原因になり、ただただ今日《こんにち》に馴れてずるずるとしていた。そうなると体力のともしい意志の薄弱なものと、懸念ない肉体、逡巡せぬ実行力をもつものとの差は大きかった。彼は会社と新しい雇傭関係を結んで一日もむだをしない。こちらとは相変らず往き来があったが、つきあいは暫くすると全く対等になり、その後彼が上まわった素振り態度に出るようになってきた。私がいやでたまらないのは、私の前で夫に猥談をしかけることだった。虚弱な夫をもつ中年の女は、およそ女のなかで一番動かし易《やす》い女であること、夫のあることはかえって秘密を保ち易いこと、遊戯は秘密によって一段とおもしろいことを、満洲仕込だか何だか、例の割れ声をわざとひそめて話すねつこさ、ふむふむと聴いている夫にも腹が立った。夫にひきかえて私は、その日その日の現在から何とかして脱出して行きたくてやりきれなかった。土くれをほうり込んで埋めてしまえば形のなくなる溜《たま》り水のような夫と、火にたぎれば蓋《ふた》を押しあげる釜の水のような妻と、どちらにも土くれにあたる事情、薪にあたる事柄は次々と重なって行った。将来ともに為《ため》になる筋へは気伏せがって行かず、なんでも一時凌ぎができさえすればから、夫は差迫った金を旧運転手から借りてくれと云う。それは私の誇りが許さなかった。けれども夫はほかに道がないようにしつこくせがんだ。私にすてばちな心持が動いた。――そんなに云うんなら、三文商人が馬賊に金を借りるのは釣合った組合せだ、よろしい、借りましょう。沸騰がまっさきに自分を焼けどさしているとは思わなかった。

彼は二言と云わせないで金を持って来た。そのとき運悪く夫はいなかった。私は火鉢の猫板の上で夫の名で請取を書き捺印した。

彼はそれを丹念に改め、「あんたの名じゃないけど承知なんだからまあいいや、書き直すのも面倒だから」と、印伝《いんでん》三ッ折の立派な紙入の底へ書きつけは丁寧にしまわれ、いまさら私は気持が悪かった。それから彼は膝を崩してあぐらになり、「あんた、おひるは?」と云った。

私はむっとして横を向いた。のヽヽとろに平ったい神経でないと負けると気をつけながら、なめるないという気が三角形にとんがった。

彼は外へ出て行くと間もなく紙包みを持って帰って来た。火鉢の向う側の主人の座蒲団を、ずっと後ろへ押しのけて坐ると、ばりばりと袋を裂いた。出て来たのはジャミパンと称する、あやしげな赤いぬるぬるをくるみ込んで焼いたパンだった。二ツにちぎった断面は爬虫類の胴切りを聯想させ、穢という感じだった。小さくちぎってたべているうちはまだしも、わんぐり食いつくと口の端《はた》に赤いぬらぬらがみゅっとはみ出し、それにかまわずぐんと食い切って、くちゃくちゃやりながら舌は悠々とその辺を舐めずった。見るにも堪えず眼も放されない不快に辟易しているところへ、彼は云う。「二人で一緒にたべましょうや。奢《おご》るつもりで余計買って来たんだから、遠慮なしにどうです。どうせ旦那は出かけてるんだから昼飯はパンとしゃれた方がいいでしょう。」

何がしゃれているんだか見当もつかず、いくら薦められても会食の欲は起らなかった。一人でさっさとたべるだけたべ、残りはくるくると包み、ことわりもなく茶棚を明けると、がしゃがしゃと押しこんだ。我慢がならなかった。「いやよ、そんな処へ、私沢山だから持って帰って頂戴よ。」

「まあ、そう云わなくても、ね、あんたにたべさしたいから買ったもんだ。今いやならおやつの楽しみにしたっていいからさ。」たべさしたいとか楽しみにしろとか、そんなことばを聞かされた恥しさ。自分にもわかるほど怒りがどっどっと浪うった。

「私はお金は借りたけど別にひもじくはないのよ、持って帰ってください。」せき込む私に眼も向けず、「お茶一杯恵んでください」としゃあしゃあして、鼈甲《べっこう》に金でイニシアルを置いたケースをぱくんとあけて、中はバットである。やけに熱い筈のお茶もちっとも感じないらしく、ごくりごくりと飲む。

書は遅渋を貴ぶと父に教えられたことがふと思いだされた。こんな時に思い浮べる父のおもかげは、悲しいほど懐かしいものだった。無言で伏し眼になった私をどう思ったものか、彼は慌てて没落の悲運をくどくどと慰めたが、結局云わんとするところは、いかに自分が実力ある男かという宣伝であった。敏感な神経などというものはこんな際何の足しにもならず、むしろ敏感な神経があるからこそかえって余計にいやな思いをしなくてはならなかった。私はとうとう父にその話を打明けて訴えた。

父は私の話を聴いていて、抽出《ひきだし》をあけ、黙って金をくれた。そして、「おまえは重い女だね」と云った。

「重いって何です。」

「何だと訊くようじゃいよいよ重い。おまえの心が居《い》しかっているから物が滞《とどこお》る。水の流れるようにさらさらしなくちゃいけない。」

もっと具体的に訊いてみたい話だったけれども、さらさらと流れる話をしつこく訊くことはできなかった。父の調子には、そんなことぐらい自分で考えろ！ といったものがあった。

　借用証は金とひきかえに取りかえした。彼は腑に落ちぬ顔をしていた。間もなく私はさらさら流れるものを身辺に汲み知った。下町の女には貴賤さまざまに、さらさら流れるものがある。それは人物の厚さや知識の深さとは全く別なもので、ゆく水の何にとどまる海苔の味というべき香ばしいものであった。さらりと受けさらりと流す、鋭利な思考と敏活な才智は底深く隠されて、流れをはばむことは万ない。流れることは澄むことであり、透明には安全感があった。下町女のとどこおりなき心を人が蓮葉とも見、冷酷とも見るのは自由だが、流れ去るを見送るほど哀愁深きはない。山の手にくらべて下町が侮《あなど》り難い面積をもっているのは、彼女等の浅く澄む心、ゆく水にとどまる味に負うとさえ私は感じ入った。

　それにしても割れ声は、よくせき私に合性《あいしょう》がよくなかった。俄仕込《にわかじこみ》の流水式なんぞあってもなくても、彼がごろた石の如くでかんとしていることに変りはなかった。品物の配達以外に始終やって来て、主人がいない時にはきっとものをたべて行く。近処から五目蕎麦とかトンカツとかを取りよせてしきりに薦める。通いで来ている小僧に私はさりげなくその場でたべさせてしまう。それもいないときは、「のちに皆で一緒にします」と云って取りあわない。いくらしゃべりかけても私は私のしごとを続けている。ごみ屋と屑屋の意趣晴らしなどの話を聞かされても、事柄の愚劣、話しぶりの下等《げとう》さにひっかかって、こちらがいやな気持にされることは無いようになった。

明らかに嫌われていると知っていながら彼は繁々《しげしげ》やって来た。それで私にびりびり感じられるのは、彼が私をぶっこわしたがっていることだった。性の合わないものへ取っ組んで、対手《あいて》が抵抗すればするほど挑みかかりたい気があるらしく察せられた。私はときに、いっそ挑戦したいほどな腹立たしさに駆られた。あっちも荒々しいものを見せつけて憚らない様子だが、私も荒々しい反撥を隠さなかった。神経衰弱的に世間怖《お》じ人怖じした夫は妻の訴えを聞いても、まさかと云うばかりが返辞で、妻を安全に保つための用意を考えることは更になかった。心身ともに現在から少しでも上に這いあがりたく、米に追いまわされ、遅渋と流水との間をまごまごしながら私は、きっぱりした拒絶はいろんな拒絶の方法のうちでも品位の最高なるものだと思いこんでいた。

八時過ぎだった。ぬっとはいって来た彼は、びっくりするような顔をしていた。片頰が紫色に腫れあがって眼が細くなっていた。大勢を対手にした喧嘩の次第を話し、話につれて昂奮は激しくなり、割れ声はかすれて聞きとりがたかった。休息の夜を擾《みだ》されてうんざりした私は、彼を夫にまかせて銭湯へ逃げだそうと思って、鏡台の前にいた。鏡のなかには彼が映っている。「あいつら、こんだ出っくわしたら最後、車の下へ呑んでやる。おれが運転手だってこと忘れやがって、畜生、ぐうっとこう。」

鏡のなかの厚い胸とむくれあがった頰が、ぐうっと私の上へのしかかったような錯覚を起させた。なんとなく湯へ出かけるのもこわくなる。文明の利器はすなわち兇器だという が、彼はトラックのタイヤを考えている！　ああそうだ、芝居の時平公《しへい》だ、轍《わだち》にかけて敷き殺せ！　といばるあの恐ろしさだ。たとえ一時のもののはずみで云ったことばにせよ、この三角形の頭の内容は恐ろしいと認識しないわけには行かなかった。その後何事も起らずに痣《あざ》は吸収し、彼はけろっとその話に二度触れなかった。

袷《あわせ》になったばかりの午後だった。私は使いにやられ、帰途家近くで、久しく会わなかった従兄《いとこ》にぱったり出会った。従兄は若いときから生活苦に追われて堪えぬいた経験をもってい、その語る同情にも忠告にも切実な、眼のさめる想いがあった。私は偶然の機会をむだにすまいと、話し話しゆるく歩いていた。そこはかなり人通りのある横町で、片側に陽があたっていた。と、だしぬけに感覚を断ち切って、一ツ雷のような名状できない音が、わ、わ、わんと耳を痺《しび》れさせた。眼の前に蜂の巣のようなトラックのラジエーターがあった。とっさに私は従兄に庇《かば》われていた。そしてラジエーターと私たちの間には電柱が一本立っていた。何がなんだかわからなかった。

「驚きましたかあ。」運転席から割れ声がばかにしたように笑った。車はバックして、さっさと走り去って行った。

たちまち、事故？　と集まったいくつもの怪訝な顔は、又たちまちつまらなそうに散ったが、従兄は、「変だなあ、なんだかいやな気持だったなあ」とくりかえし、私はすっかり固くなった。機械的な事故でなく、過失でなく、意図をもってしたいたずらに違いなかった。気がおちつくと、なまいきに筋を運んで来たなと負けじ魂が起きあがっていた。

数日後、夫はもうかれこれ帰宅する時間であり、私は風邪気味で二階へあがってしまっていた。子供は姑《しゅうとめ》の家へ泊りに行っていなかった。店には十五になる小女がいたし、著《き》たなりで横になってとろとろしていた。店のガラス戸が明いたように聞き、帰宅したなと思ううち、また戸の音がして完全に覚めた。あがって来たのは夫でなく小女で、いま運転手が来たがお風邪だと云って返しましたと報告した。ほっとした。いくほどもなく、また戸が明いた。待つ心は夫だと思いこんでいたから、錠をさす筈だがなと聴く耳へ、どきっと割れ声が入った。ここへ来られちゃたまらない。咄嗟にそれを思って、こちらから出て行くが得策だと立ちあがると、頭がぼんやりしていた。頭痛止めのミグレニンが利いていた。

彼は土間にいて、商売物の樽の呑口《のみぐち》をひねっていた。かぶとのお客へ使うコップで一気に煽《あお》りつけ、もう一杯ついでこっちを向き、私を見た。「あんた風邪だっていうじゃないか、寝ていてください。」

編みあげの紐を解きにかかるのへ制して、「今夜は気分が悪くってとてもつきあっていられないから、悪いけど帰って頂戴」と険しく云った。

「じゃ旦那が帰るまで店番してあげるから、あんたは寝てください。」

「人にいられると思うとゆっくり休まらないから、帰ってもらったほうが勝手なんです。うちももう戻る時間だし。」しつこく帰れと私は迫った。

「帰れなら帰るけど、あああ。」

彼は立ったままの私を見あげ、私はすでにぴりぴりしながらはっきり見おろしていたが、無視してあくびと伸びをし、立ちあがりさま無遠慮に、「ああ酔った酔った」と息を吐いた。気味の悪さにむかむかして、もし寄って来られたらとそればかりが気になって、そのときは表へ飛び出そうと要慎《ようじん》に私はガラス戸のほうへ動いた。

「一杯呑んだら睡くなっちゃった」と云って、ぼりぼり頭を掻いていた彼は、ふっと身をかえすといきなり、とととと梯子をあがってしまった。意外だった。隙に乗じられてしまった。二階ではどしんと寝ころがる音がした。一日騒いでしまった思慮はすぐに立て直らなかった。不覚にも身を置く位置をばかり考えていた結果がこれだった。

小女と私は顔を見あわせたまま術なく立っていた。と、何だかいやな声が聞えて来、続いて、「洗面器洗面器、吐きそうだから早く早く。」

おろかに私は吐物の汚穢のひろがりに慄《ふる》え、燃えるように腹が立った。手をかけて引きずり出したさで二階へ走った。彼は私の枕に寝、私の小《こ》掻巻《かいまき》をかけていた。見るより早く、ぺっと引っ剝《ぱ》いだ掻巻が私の手にあった。「帰んなさい。帰らないと人を呼びます。帰んなさい。」

新聞紙とバケツを持った小女が敷居に立っていた。

「きくや、あんた私と一緒にいなくちゃいけない、下へ行っちゃいけない。」バケツを持った小女は気を呑まれて部屋の隅へ立った。

嘔吐なんて嘘の皮である。全身で私は、ばかにしやがってと煮えたぎった。遅渋の兜《かぶと》も流水の楯も忘れはてていた。向うはてれた薄笑いをし、案外おとなしく起きあがり、バンドの金具をきらりとさせてズボンをゆすり上げた。私は怒りのことばが効果あったことと思ったが、その甘い考えかたは即刻にけし飛ばされた。ざっと寄られ、まむきに胸がくっついていた。バケツが音を立てた。

「そこにいて、きく、そこにいて。」

強引に抱いたまま彼はみずから後ざまに、蒲団の上へころび倒れた。倒れた処は蒲団を半分かた外れて、葛籠《つづら》と四ダース入りのビール箱を矩《かね》に置いた隅へ頭を突っ込んでいた。足は彼の両脚の間に搔《か》い込まれて自由でなかったが、ころぶはずみに上半身は抱かれた腕から乗り出し、片手は自然向うの喉にかかっていた。ぴたっと対手の胸に重みを沈めると、胸から男の鼓動ががぶりがぶりと伝った。シーツの木綿に爪先の力を与え、じりじりとのしあがって締めて行くと、さすがに苦しがってぎょろりと眼を剝いた。けれども著物は非情である。袖《そで》・褄《つま》・八ッ口は括約しない、彼我共通に開放されている。嚙みあいは人を嚙むかわり自分も嚙まれる。こちらの手が喉をせめていれば八ッ口は彼に役立っていた。攻防一時に行うことは力量の差があってはなし得ないものである。しかし、堪えることや無感覚になることは防の一種である。彼は私にこういう腕力的な反抗や、脆くない忍耐があろうとは計算しなかったろう。ぎょろりと眼を剝かれても私は罪の意識も何もなく、恐ろしくもなんともなく手に力を入れていた。

八ッ口の忍耐が崩れた。同時に顔が向うの顔へ押しつけられ横にころがされ、私の攻勢は失われた。一瞬前の姿勢は彼の頭の下の畳の固さが私に味方してい、いまは私の頭のうしろのビール箱が彼に味方していた。もがくだけの空間もなかった。唇が求められ、頰と頰がずり合っていた。徐々に防ぎきれなくなるということは無慚である。悲しいことに私は左右の握力がうんと違っていた。自由なのは左手だけ、それも殆ど手の先だけしか動かせなかった。できるだけ畳へ顔を伏せ、自分の手で自分の唇を掩《おお》ったが、そんなことは何でもなく捻《ね》じ向けられた。頰が頰を擦《こす》って来る。私の拇指《おやゆび》は乏しい握力の限りを、対手の唇の中へ突きこんでねじろうとした。ぬるぬるしていた。

いつか足が自由になっていた。しかし二本一緒に押えられていた足は安全であったが、自由になった足には虚があった。蹴飛ばした効果より裾を割った損失は大きかった。向うの片足が膝こぶしの間を越そうとしていた。唇を避けるためには対手の頰に密著しなくてはならなかったと同様に、裾を割った両脚は渾身込めて、割りこんできた対手の一本に膠《こう》著《ちゃく》しなくてはならなかった。半ズボンをとめる留め金が、ぎしぎし膝にこたえた。闘いに周囲の事物は非情のものでいながらに、かならず敵味方の色に分れるものだろうか。しかもそれは時々刻々に変化する、いま味方だったものはすぐ直後に敵にも役立つという風に。彼の薄い毛糸のジャケツは手応えなく伸縮して彼に忠実であり、私の著物は情《なさけ》らしい手応えを残しはするけれど、淫奔《いんぽん》にずるずると崩れた。胸と顔と裾は交互に襲われ、衿《えり》も褄も挘《むし》られた。挘られてははだかって行くことを意識がちゃんと知っていた。肩が脱げ膝が剝きだした。ちらっと向うのズボンがずり落ちかけていることを見た。

それからだった。ひた闘いにたたかった。物ががらがらと落ちた。何でもへ足で突っ張り、手で突っ張った。歯も爪もぎしぎしして、むちゃくちゃに抵抗した。腕が捻じ上げられて、ふっ、ふっと息がちぎれる痛さだった。あっちもこっちも痛くされた。痛いからもっと夢中で暴《あ》れる。暴れて著物はいよいよ引ん剝ける。裸なんぞ何でもありはしない。裸！　とおもう一瞬のことである。たとえ裸と裸がどんなに搦《から》みあおうと、もうどうで大したことはないのである。けれども裸の皮膚のも一ツ内側には、私のなまというものがある。皮膚は洗えば落ちるが、なまはなまだから浸みてしまう。浸みるなまに較べれば浸みない皮膚の価値なんか何程のこともない。今まだ全く保たれているその私のなまが、金輪際彼はいやだとがんばり通している。ただそれだけなのだ。なまという平生は身体の器官の一ツにすぎないものが、この場合私の心に直結しているものだった。二ツとは欲ばらない、一ツだけのこと、——この男にはいやだという一ツだけの心であった。

夫がコートのまま、立ったまま、「よせよ、おい、よせよ」と云っていた。彼が私を棄てて、すっと立った。半ズボンが膝のびじょうまで裏がえしになって落ちてい、それをずっとたくしあげると悠々と無言で出て行った、狭い入口に立った夫とすれすれに通って。私はすわったが、髪はざんばらであり、姿は全裸よりすさまじかった。帯は解けていたが腰に巻きついていた。著物は引きしおられて片寄っていた。袖つけは裂けていた。最もしっかりしていたのが腰紐と帯あげであった。こま結びというものは絶対に強い。著物も襦袢も肌著もこの二本の愛すべき赤い小紐によって、辛うじて身のまわりに束ねられていた。束ねられてなまじ体に纏《まと》いついているだけに、全裸よりもっとすさまじい姿なのである。いまはこの著物は何もかも不潔だった、不潔におもえた。そして、とにかくやはり裸を蔽ってほかの著物を著なくてはならないのが第一だった。赤い紐はきつく結ばれてなかなか解けない。ふと半ズボンのずれ落ちた彼の姿が浮く。メリヤスの厚いズボン下を著けていたのが小ぎたなく貧乏くさかったが、思い出になったその姿にはなにか非常にばかげたものながらユーモラスな影があった。それにひきかえて、あのとき夫の方を見て起きかえった自分の姿には、醜さといっしょにひどく惨めなものがあるだけという気がする。しかし、感情より感覚はもっと切実な力をもっていた。なまは全き姿で保っていても、なまの一ト重外側の皮膚は、どこもかしこもよごれたという感じがたまらなかった。しかも私は全力を尽して闘ったつもりなのに、彼の方はきっとうんと加減をしていたろうと思うのはたまらなかった。私は小銭を掴んで、あたかも銭湯へ急用ある人のように早足で出て行った。一体これは何だというんだ！

どうしてあのとき私は助けを呼ばなかったか、苦痛を訴えなかったか、不思議と云うよりほかない。それにあの小女は！

「私、はじめ泣いちゃったんです。それからぼんやり見ていたんです」と。今このひとは幸福な母になっている。盆暮には来て、きっと「あの時はねえ」と話して、その時の自分を不思議がる。二軒長屋の隣が壁を敲《たた》いて、どうしたんですと声をかけたのを知っていたのにと云う。

雛

雛《ひな》遊びの女雛《めびな》の面だちは時の皇后さまをそれとないおもかげにしてある、というようなことをよく云うがほんとうの話だろうか。ふつう私たちの知っている雛遊びの人形は十五人が一ト組になっているが、そのうちの内裏《だいり》さま、官女、五人囃子《ばやし》、左右大臣の十二人は絶世の美女美男にしたててあるのが常識であり、いちばん下段に飾られるいちばん身分の低い三人の仕丁《じちょう》の人形だけは、顔だちも表情も私たちの日常に近いものにつくってある。十二人の端麗な美女美男にくらべて多少しなを落した顔だちにし、その上それの表情に多少の滑稽味を含んだ崩れを与えているのであるが、私たちにとっては少し醜い顔であることが親しい近さで感じられ、少しはしたない表情がまことにいきいきと気易いおもいにさせられるのである。なんとしてもほかの十二の人形があまりにもきちんと美しくつくり過ぎてあるので、つまりこういう愛敬《あいきょう》を添えて破調の調和にしたのだろうとおもえる。しかし、これにも程が考えられていて、あまり鼻が寸づまりだったり出額《でびたい》だったり、表情もあまり下司《げす》につくっては歓迎されないらしいのである。すべてをきれいごと上品ごとにしたいのは人情だが、そこへ随分控えめではあるけれどこんな私たちに身ぢかな感じをもつ三人を組みいれてつくっているのは、なかなかおもしろいとおもう。仕丁のようないつの世にも大勢いる働きびとへ身ぢかな写生が行われ、それがわりにいきいきとした効果を挙げて今日に及んでいるのは頷かれることだが、私には雲のうえ遥かな皇后さまの面輪《おもわ》を女雛にうつすことが、どうしてできてきたかちょっと不思議におもわれる。雛遊びは古く源氏にあるし三月三日にする現在のやりかたはおよそ室町時代からと聞くが、その時分の人形師たちは、時の皇后さまをじかにお見あげする折があったのだろうかと問えば、ある人はそれは皇后さまではなくて徳川夫人がモデルでしょう、皇室よりも徳川家のほうが大きかったのだからなどと云う。いずれにしても鎖国日本のファースト・レディだから幾重にも柵が囲われていたろうし、写真などない時代にどうしてやんごとないかたたちの面だちをうつすことができたか。

とは云うけれど、皇后さまのおもかげだと云われてみればそのようにも見える。私のころのお雛さまはたしかに昭憲皇太后に似ていた。細面だちですっと眼のきれが立っている、どちらかと云えばひきしまった顔だった。それが私の娘のお雛さまは昭和五六年頃に調《とと》えたものだが、気のせいかそのころの昭和皇后さまにどこか似ていた。お眼のあたり、頬、顋《あご》の線がとってあったのかとおもう。私のお雛さまよりよほどふっくり柔かい面輪だった。男雛の男ぶりについては何も聞いたことがない。女雛が昭憲皇太后にでもいまの皇后さまにでもいくらかの特徴をとってあるにしても、男雛が明治天皇でありいまの天皇の特徴にかたどってあるとは云えないようである。美男いってんばりである。さきごろ「ローマの休日」という映画を観て、有名な新進女優だというヘッバーン嬢を見たとき第一に来たのは、おや、これは古い顔だなという印象だったので、自分ながらなぜ若い人たちには新しい顔に見えるものが一ト眼で古いと感じられたのかと気にひっかかったが、映画の終るころにふと、ああこの眼じりのメークアップは昭憲皇太后なのだと思いあたった。映画は現在の時代の女王の物語であり、思いあたったのは五十年以上もまえのこの国の皇后さまの写真であり、それをつなぐ聯想のもとはと云えば眼じりの切れかたである。ヘッバーン嬢の顔師は昭憲皇太后の美貌を参考にしたのではあるまいが、高雅な気品や冒すべからざる威厳の表現を考えて、あがり眼の日本人的な隈《くま》を工夫したのだろう。偶然こちらが昭憲皇太后との似かたを発見したというだけだが、美しさは時代も国境も無手形で通用するのだから頼もしいものである。そしてまた人間というものは、いつでもいつでも美しさを追っかけるものだ。皇太后はほんとうに美しい皇后であり、お雛さまのおもかげだと云われればそうありそうにおもえる。明治になればもう写真もはいって来ているし、どこかへ行啓のときなど沿道一般の参列者にまじっていれば、お乗物の窓にちらりとお顔を拝することは人形師にもできたはずだからである。

齢《とし》から云うと男より女のほうがずっと早くて初子をもつことになる。特別聡明な女でないかぎり、はじめての子どもをもったころは誰しも一種の昂揚状態になって、若さの勢いから前後無考えなやりかたを押し通して老人たちをはらはらさせる。私もその組のひとりで、子どもをもった嬉しさから制限のない愛情の表現がとりたかった。おとなになっての親子間の愛情、夫婦の、あるいは恋愛の、男女間の愛情は自然に人まえを憚《はばか》って制禦することを知っているけれど、幼い子への愛は愛情そのものも愛情の表現も無制限に許される憚りないものと思いあやまりがちである。平生の些事《さじ》一ツ一ツにもそういう考えかたは浸み出てくるものだが、ことに行事などの目だつ場合には、はたを顧みない勝手きわまる愛情の表現を若い母親は思いたつ癖がある。云うのも羞《はずか》しいが私はそれだった。だから初の節句などというたわいもないことを、なにか一大事のような気がして、できる範囲でよりよく調えてやりたいとおもった。「できる範囲でよりよく調えてやりたい」と云えばやさしいが、私の性格には「やりたく思うという希望」はすなわち「やるという実行」の裏書になっていて、希望と実行を一ツことにしないではおかない傾きがあった。十軒店《だな》はまだ商いをしていた時分だからそこはもちろんのこと、デパートも漏れなく歩いて、いい人形を揃えようと漁《あさ》った。それは分不相応な買いものになったが、私はいい気で無制限に、ただもうよりよく調えたい一心だった。「できる範囲」の埒《らち》を越えて「無理な範囲」へ手をかけていることも承知しながら、かつ平気なところがあった。人形が調えば欲はなお拡がって、子ども用の小さい座蒲団もほしくなる、膳椀《ぜんわん》重箱の類も特別かわいいのが揃えたい、それもみな手に入ればあとは雛壇と鴨居の空間を工夫したくなる。そこが明いていては、折角のお雛さまの臈《ろう》たけた顔も綺羅《きら》びやかな衣裳もむきだしな浅い感じがして気に入らない。ここへ蔭をつくるものがほしい、幕がほしい、幕もできあいの定紋幕などは芸がない、もし萌黄《もえぎ》に牡丹桜《ぼたんざくら》を影ひなたに浮かせて染めたらと考えつくと、それがないのはまぬけの骨頂をさらしているようにおもわれて来る。染物屋が呼ばれ、時間的な無理を承知のうえで強引に縮緬《ちりめん》の幕が註文された。

私にはよくし尽したい心が、あらい弾みをつけて脈うっていた。天井には桃の造花を、障子ぎわにはずっと菜の花を生けて、毛氈《もうせん》はきぱっと新しく紅《あか》い。料理も手筈がついている。献立がきは紅縁《べにぶち》をとった紙へわざと自分で書いた。招いた客は夫の母、私の父母の三人だけ、子どもにとってはおじいちゃまおばあちゃまたちである。あすになるのを待つばかりに用意ができあがっていて、染物屋がまだだった。催促の電話をしたのがもう夕がただというのに、主人も細君もひるすぎに出たまま戻っていないという。話のわかる人を出してくれと押して云えば、それもみな出ていてうちには一人もいないと不得要領である。万端かわいらしく調った雛の部屋は、幕のあるべき空間だけが嘲笑的に大口を明けて、その口のなかに女雛の瓔珞《ようらく》の南京玉《ナンキンだま》がかすかに紅く揺れ青く光っていた。そして、それが又いらついた神経にはやけにたまらなかった。九時を過ぎると私はもう待たなかった。間にあわないかもしれない無理な註文である、あしたの朝もこのままだった場合の応急処置を考え、使を出して芸もないできあいのを買うか、うちにあるあり布《ぎれ》でなんとかするか、とにかく今となっては間にあわせしかない、心ゆくようなことができないのは明らかだった。うちのなかは不愉快に沈んで、ひるまはあんなにはしゃいでいた子守の娘までが、しゅんとして控えめに閂《かんぬき》をかけに起《た》って行った。火鉢を埋めて、著《き》がえの足袋を脱いでいると、どどどと門が叩《たた》かれた。ひとすじの予期を残していたことだのに、私と小女とはぎょっと眼を見あわせた。

「ご註文を持って参じました」と云う、この染物屋特有の古くさいことばぐせが、うさんでない証明をしていたが、玄関の燈《ひ》へ自転車ごとはいって来た顔は、まるでいつものものではなかった。口のまわりは無精髭で黒く、小鼻がぐっと落ちて、憔悴が眼だっていた。うっかり、どうしたのとも訊かせないくらいいかつい眼いろのくせに、からだじゅうに疲労が溢れて、しかも茶の間へ通ると遅延の詫《わび》をしち面倒に述べている。

「急ぎのおしごとでしたが染めのあがりはよろしゅうございます。念のためお改めいただきますよう。」畳へぱっと桜が散って眼に鮮かだったが、なんだか空々しいその云いぶりがかえってひるまから待った私のじれったさを堪《こら》え性《しょう》なくした。

「どうしたの。こんなに遅く、どうかしたんでしょ。」

染物屋はぎりっとこちらを見たが、「へえ」と云って黙った。

染物屋は共稼ぎで女房がしたて屋である。腕がよくて気象が強くて、だからしろうとの弟子はとらないが将来くろうとで身を立てようという娘だけは預かって、それがいい加減大勢だという。東男《あずまおとこ》に京女の逆で関東娘に京男の夫婦であるが、中がよく、ただしごとのことになると両方が負けていない。きのうも子どもが朝からぐずついているのに、女房は稽古をしながら急ぎのしたてを抱《かか》えているので見てやらない、それがもとで口いさかいが始まる。云い負かされれば中っ腹になりながら、亭主は子どもにおしっこをさせてやった。いくら機嫌をとっても子はべそべそと泣きやまない。「不断甘いからこんなときにもこいつが甘ったれて」と、つい女房へのむしゃくしゃが子へ行って、ちょうど裸になっているお尻をぴしゃっと一ツやっておいて外へ出てしまった。子どもは一ト晩じゅうぐずついてけさは発熱していた。抱いてもおぶっても泣きしきるし、やっとつかまり立ちの小ささではことばもはっきりしない。医者をひる近くに呼んでみると、夫婦ともはっとしたことに、主人の平手打ちは五本の指の区別もくっきりと小さいお尻のうえに赤痣《あかあざ》をつくっていた。医者は、針だと、ぞっとした診断をした。針のある上を運わるくぶったのである。それから大騒ぎになって、お針子はいっせいに入院のしたくをばたばた手伝う、気の強い女房はがっくりとものの役にたたないショックである。口も八丁手も八丁の女房に追いまくられがちの亭主が、いつも口いさかいの最後に云うことは、「子どもが大きくなるまで針さえ気をつけていれば、まあどんな口っぱじけも我慢して聞いておいてやる」というのだったからである。入院と同時に手術がおこなわれ、太短い木綿針は腰の骨へ食いついて頭が折れていた。骨が削られた。

「……手術室の扉に何度も耳を押しつけてみたのですが、声も聞えませんでして、……でもまあ無事に済みまして、そんなわけで……」と云う。つぎ足した炭がかっかとおこって一酸化炭素の臭いが浮動した。肩がすっかりつまって私は聴いていた。

三月とは云え、はいったばかりの二日である。自転車のライトは暗く横町を曲って染物屋は消えて行った。霜が降りるとか凍《いて》がしばるとかいうのはこんな大気をいうのだろうか。見送るこのちょっとのひまに余寒のきびしさが凝った肩へびっしりと乗っていた。寒さは、重いと感じ、あすの雛遊びに父母を招《よ》ぶ楽しさは一角がぽろんと崩れてしまったおもいだった。

翌日、三人のとしよりは半日を楽しんでくれた。私の苦心したところをそつなく捜しだして、三人三様のことばで褒めてくれた。お清書を出して三重まるをつけて返してもらったようなものだった。ことに三人が一様にみごとだと云ったのは幕だった。そうでなくてもそこにいる自分の子を見ると染物屋の手術を受けた子のことがおもわれるのに、幕うんぬんと褒められるのはちくちくと痛いことだった。私はその話をしないでおいた。

またその翌日、里から電話があった。むろん招待の礼も云われたのだが、手がすいていたら一人で来るようにと、これは大旦那さまからのおことづてですと云う。なんの用だか見当はつかなかったが、叱られるのだという直感があった。父は案外にこやかに、まずきのうの礼を云って疲労が犒《ねぎら》われた。「あれはおまえ一人のはからいか、それとも主人もいっしょのはからいか。」

「お招きしたいと云ったのは主人ですが、あとは私一人がいたしました。」

「人形を買うのも一存でやったのか。」

「ええ。」

「主人はなんとも云わなかったか。」

私には返辞ができない。予算は大超過になって、主人はきゅうきゅう云っているからだった。父は察したらしい。「あれではいたれり尽せりだ。ことごとく尽していると云える。人を招ぶからには尽すのもいいが、ああいう尽しかたは私にはちょっと見当が違うかとおもわれる。そこが話したかった。し尽すことのできないくらいな女はもとよりくだらない、が、ことごとくし尽してみたらあとにはなんにも残らず、からっぽだけが残っていたという女ではこれもくだらない。幸いおまえにはあれだけにする力があるようだが、残念なことには尽してのちに何が残ったというのか。第一、子どもも子どもと子どもの為を云うが、あれだけ尽して子どもの何になったのか。人には与えられる福分というものがあるが、私はこれには限りがあるとおもう。親がああ無考えに遮《しや》に無《む》にな使い果しかたをして、子どものさきゆきに怖れというものを感じないでいられるのか。驕《おご》りとはものの多寡《たか》でなく使いかただ。あれはいささか子どもに分不相応で、私から見ればおまえが子どもの福分を薄くしたようにさえ考えられる。姑《しゆうとめ》さんはできたひとだから、おまえのそんなむちゃくちゃな尽しかたを、技倆《うで》だと云ってしきりに買っていたけれど、それだけに私は是非話しておきたかった。」

浪費と云いたいところを福を使い果すと云い、やり過ぎのいやらしさを尽すことのできる力だと庇《かば》って云う父のことばは、柔かくはあったが無遠慮にずかずかと痛いところを踏んで来るような圧力がある。理窟は身にしみてくる。その身にしみかたに、染物屋を送った門で感じた重さと崩れに通じるものがあった。しかし、感情的にはそう素直に行かない。使った金は無理な金でも借りた金というのではない、自分たちの金を使って心を使って身を使って、ご馳走したあげくに文句を貰ったのでは間尺《ましやく》に合わない。ことに子どもの福を使い果したなどと、なんというしいやなことを云うか、――とそんな不平もないではない。そのうえ父の口吻《こうふん》には、いまここへ来た足を姑の隠居所まで延ばして、いたり過ぎのつたなさをそれとなく云っておくほうがいいだろうということが暗示されていた。うけがえない気もちもありながら、私は隠居所へ行く。

電車の中という舞台は、この場合に効果的だった。どうでもいいような顔つきがずらっと横一文字にならんで、ひるの街をごとごとと揺れて行くのである。どうでもいいような感興のない顔がならんでいて不思議に神経をおちつかせる。葱坊主《ねぎぼうず》が揃って微風の圃《はたけ》にいる風景と、その穏かさが似ていた。頭のうえに晴れわたった青空があるようなつもりで、私は考える。やはりいちばんこたえるのは、母親一存の勝手な消費を子どもの為だなどと糊塗《こと》していると云われた点だった。尽しすぎも衝《つ》かれたことばだった。無理にもやってのけてしまう強さが忌《いま》わしかった。できる範囲でよりよくと優しく発足したことが、しまいには無理押しを固めた強引さに変って行くのだ。云われてもしようがないだけのことはある。――葱坊主の群れのあいだに夫を置いてみれば、か細い未熟な坊主にすぎない。人物のスケールも小さく、いまはまだ生活の幅も狭い細葱である。そのか細さへ頼るのが私と子どもだ。それが正確な自分たちのすがたである。しかし、それは悲しむべきものではない。今はっきり悲しく見えているのは、私の調えた大き過ぎ美々しすぎる雛の部屋であった。夫への愛、子への愛が噴きあがってくる。どうしてああしたことをしてのけてしまったのか。なまじ少しばかりの実行力のあることがみえと欲へつながる結果になっているのは、自分ながらいや気がさす。しかも、いや気がさすという胸の底をもう一ト皮まくれば、そこにはまだ無理を通しきったことに快い誇りが残ってもいた。さらに辿れば、父への古い鬱憤も紛れなくストックになっている。

「おとうさんだって、若くて初子をもったときには大騒ぎしたじゃないか。その証拠にはねえさんのお雛さまはあんなにたくさんあったじゃないか。それを二番子の私にはどうだった。官女もお囃子もなしの木彫の内裏さまだけが、ずぼんとあったきりじゃないか。段がついた扱いだった。おとうさんも勝手じゃないか。あんな無理を敢てしたのも、多磨子へは情ない人形を持たせたくなかったからだ。」気もちは素直に流れたり、よどに澱んだりした。

姑は父より十もとしよりだった。「実はね、あの日帰ってからいろんな気もちがしてね、云うにも云われず云いたくもあるしというへんな気でしたよ。……そう。あちらのおとうさんには、しすぎたと云って叱られましたかね。私はまた、しすぎたというより、残しておいてもらいたかったという気がしたんですよ。」

ああ隅《すみ》から隅まできちんとできていては、祖母の心の入りこむ隙が見つからない。なにか足りないものもあれば、また来年も雛の買いものをして孫へ贈る楽しみもあるのにと、あじきない気がした。不備なところのあるほうが親しさのもとになるとおもう。けれどもあらがなさすぎると云って叱ることはできない。隅々まで気も手もゆきとどいた嫁には、こごとを云うどころじゃない、人に自慢でもしたいようなものだけれど、本心を云えば一二ヶ所の隙間を残しておいてくれたら楽しかったろう。できすぎは技倆《うで》だけれども、欠けがないというのはさみしかった。——と、これが姑の云いぶんである。姑というより、おばあちゃまというつながりより、一人の年老いた女《ひと》としての率直な気もちが伝わってくる。里の父は劬《いたわ》りのなかに云うだけのことは云っておくというずけずけしたところがあり、それはなるほどとも感じさせるがあらがう気ももたせる。姑のようすには打明けばなしにさみしさを愬《うった》えたという親近感がある。嫁入って三年、いつもそつがないと褒められてこちらは安心していたが、そのたびに姑は「いたり尽す嫁」に云うに云えないさみしさをこらえていたことだろうと、いまさらふりかえらされた。同じ女性の身の自分のさきゆきをちらりと覗き見たような、無抵抗の理解が生じるのだった。実父のまえにいてしこった気もちが、姑といてかえってほぐれる。ほぐれるとまた私はすぐだらしがなくなる。

「私の貰ったお雛さまというものはねお姑《かあ》さん、――」

姑はおかしさをこらえた顔で聴いていた。「そりゃもうあなたの文句は尤《もっと》もだけれど、そんな怨《うら》めしい気もちで多磨子にしてやるのはおよしなさいよ。あなたの気象だから二人目も三人目も多磨子とおんなしにしてやるだろうけれど、もし五人も六人も女の子が続いたらどうなると思う。」

びっくりした。まったくうかつなことながら、私は二番娘三番娘のことは思ってもいなかった。だからあわてた。「ああお姑《かあ》さん。だめだわ、とてもそんなにはしてやれないわ。たぶん……きっと木彫の内裏さまだけになっちゃう子もできちまうわ。きっと私みたいなみじめな子ができちまうわ。」

ばかばかしいうかつさがおかしくて、しまいには涙がこぼれて笑った。

「――だからさ、あんまりものは窮屈に考えないことなのよ」と姑は笑い納めた。

*

その後七八年して私は離婚し、娘を連れて父の家へ帰った。中味のがらんどうになった古簞笥《ふるだんす》などといっしょに、娘の雛道具一式が送りかえされた。毎年三月になると、人形にも幕にも私の感傷はちくちく突つかれないわけには行かなかった。更に年が流れた。空襲がつぎつぎに来て東京はごった返した。雛を飾る世ではなかった。誰の胸にもこれが最後という思いがあって、それがまたいろいろの思いがけない非常識を敢行させた。娘もいまは学徒奉仕に駆りだされる女学生に成人していて、雛のことかはともちろん承知していた。それだから、なお非常識に毎年通り雛壇は設けられた。十二の人形はあいかわらず慎ましく綺羅びやかに端麗に、老若三人の仕丁は少し下司《げす》に微笑している。が、はじめと較べればこの人形たちもなんと深《ふ》けたことだろう。人形の深けるはずはないけれど、その面輪は堅《かた》がたと締って痩せた。額や頰の白さも上簇《じょうぞく》の蚕をおもわせて透きとおってきた。黒い眼の涼しさはすでに中年の味に納まってきらきらしない。そのはじめ、なぜ私がこの一ト組を選んだかには、小さな特徴があった。よほどの上物《じょうもの》でないかぎり、たいがい人形の手は指が一本一本離れていない。多くは親指一本を別に四本は溝がきってあるだけだ。もう少しよければ親指と小指が離れている。この人形は極上というのでないのに五本の指がそれぞれにできていた。細長くすらりと伸びた指、檜扇《ひおうぎ》を持つにふさわしい指、それが今はふくらみを失っている。三棚《さんたな》の銀覆輪《ぎんぷくりん》は黒くさびて、文机の筆返しには疵《きず》がついた。硯箱《すずりばこ》の筆は虫食われて使わずしてちびたし、碁将棋盤の角は摺《す》れて石子《いし》も馬子《こま》も数は散っている。琴三絃の緒ははずれて、花車牛車《ぎっしゃ》の蒔絵《まきえ》は浮いている。あの幕も萌黄はされて、牡丹桜の胡粉《ごふん》は剝落した。雛も深け自分も深け、娘だけは若さの盛りにあわれだった。——十何年になるが、来年は期待のもてない時間だった。さりげない別れの対面だった。

その月なかば、下町は爛《ただ》れた焼野に変貌した。続々と疎開が都会を出て行った。私たちが腰重くやっと地方へ遁《のが》れる気になったとき、鉄道もトラックも輸送力はほとんど遮断されていた。そのなかで、ある人の尽力でトラック二台が都合できた。とにもかくにもまずさきに書物だけでもという疎開がされることになった。

老いて体力のなくなった父は、疎開させる書物を自分で選ぶこともできず、手あたりまかせに運びだされる本箱をただ見送っていた。ふと、「多磨子の雛人形を積まないのか」と私を顧みた。平安でいささかの感情も探れない顔だったから、私はちょっと考えて、「あれは置いておきます」と答えた。

答える心のなかには経て来た年月がたたまっている、あのとき父の云ったこと姑の云ったこと、染物屋の話、みな私の土台になっている。そして、つい四五十日まえ、このどさくさのさなかというに人形の顔は今年つくづくと見納めてあった。「でもおとうさんがそうおっしゃるんだから多磨子にも訊いてみましょう。」

「一冊でも余計に本を積むほうがいいわ」と云う孫へ、祖父は「そうかい」と軽く云った。それきり、雛はなくなってしまった。

髪

ながいつながりだった。それが、死んで、断《き》れて、私だけがのこった。すぽんとした、へんな気もちだった。

順ならば親がさきへ死ぬのはあたりまえな筈だけれど、そこんところがどうもすっと来なかった。どうしてははの方がさきへ死んだんだろう、なぜ私があとへのこったんだろう。昔っからきつい人で、なんでも私のかなう段じゃなかったものを、なんのわけでこんなに脆く折れてしまったんだか、なんとなく信じがたく腑に落ちかねた。一ツには数年来離れた土地に暮して会う折もなくいたせいもあろうけれど、死別のかなしみには実感が来ず、遠い感じばかりがしていた。それはなにかに似ている感じだった。よく知っている感じでいて、なかなかに思いつかず、日かずが過ぎてから、ああ雪だなとわかった。雪が突然ざざっと廂《ひさし》をすべり落ちた、あれによく似ていた。

身のまわりのものがそっちの家から私の手もとへ移されて来た。血につながる子でなく、縁につながる母だったから、どちらにもそれ相応の不しあわせがあった。怨んだり憎んだりした、それだけなら易しかろう。怨み憎みのひまひまに愛情もまざるとなって、さて人と人とのあいだはむずかしい。ははにも私にも本来似ている性格があったし、なんにしても長年育てたり育てられたりしていれば、たがいにあくの強いところには惹き惹かれて似ても来るらしく、したがってよくわかりあい庇《かば》いあいもした。が、はははおとなの潜めた執念ぶかさをもって対していたし、私は若さのやりてんぼうを振りかぶっていたし、絶えず相似から来る葛藤、乖離から生じる親愛がくりかえされてい、むしろ他人ならうまく行ったかと考えられる組みあわせだった。しかし、ははと子の不和反感は奥深い観念から発生するように見えて、じつは愚にもつかない日常の雑事・感情からはじまって堆積していた。だから、かつて毎日見なれ、今またしばらくぶりで眼にするははの世帯道具は、どれにもこれにも古い傷を語るしみが再現のなまなましさを見せていた。簞笥がでくんとしていれば、不機嫌で食事もせずにすわり通していたははの強情さを思いだすし、鏡がきらっとすれば、起《た》って行き際《ぎわ》にちらりと捨て眼を置いて行く癖をおもう。かと思えば、ばか大きいメリヤスの足袋が出て来て、それには神経痛を苦しがって三枚もこんな足袋を重ねていた気の毒さがよみがえる。白髪染で黒く染った櫛の歯を見れば、あれほど自慢だった髪の毛の美しさもうかんで来るというものだった。親子というもの、生活というもの、その根強さ、ずぶとさが古い道具類に浸み透っていた。なまじいに古傷をまさぐられるような苦々しさは濃く、死の哀感はかえって薄く、がらくた片づけはいやなしごとだった。

赤い針さしが残っていた。むろん手製の、たとうのような形がちょっとばかり風変りな出来だった。ははは手芸も器用にしたが、どういうものか日本風の針箱を用いない人で、いつもこの携帯用みたような針さしをつかっていた。赤い針さしはいつの間にか置き場処のないままに私の粗末な裁縫用具と同居していたが、私には私の潔癖があったし、家人もこれを使うともなく使わぬともなく、あたら針さしはごろっちゃらしながら、経つに早く、もう四年がたっていた。

「かあさま、ちょっと来て見てよ。これ見て頂戴よ。」声になにか本気な響があって、私は洗濯を捨てた。ちょっとも早く見せたいために、すわった縁側から襖《ふすま》のほうへ向けてさし出した娘の手さきに撮《つま》まれて、えたいの知れないものが、射《さ》しこむ冬の陽を切りかえしてきらりきらりとしていた。

「なあに、それ――」

見ると、いやなものだった。毛ともいえず針ともいえないものだった。無尽に絡みあった毛のかたまりから、毬《いが》のように針が突き出ていた。のろのろとそこへすわり、見つめた。

「これをね、も少し小さくこしらえ直そうとおもってほどいたんだけど、こんななんですもの、あんまり気味がわるくって――どうしようかと思っちゃって。」

なるほど、ほどいた赤いきれがあたりに散っていた。ゆるしを乞うような娘のまなざしが私を見た。

「こうすると泣くみたいなの。」へらで押えられると、かたまりはかすかにきしんで音《ね》をたてた。ぞわぞわとこちらの毛あなもきしみそうなのを娘の手前かくすつもりで、両手にもみあげを押えてこらえると、こわばりが筋肉を伝って這った。

「何年になるのかしら、この針さし。」

私はだまっていた。三十余年、そう四十年に近いだろうか、ははが人には後妻と呼ばれて私にはままははになって嫁入って来たときから、私はその針さしをかわいいと知っていたのだ。折れた針、曲った針、木綿針、絹針、蒲団とじ、メリケン針、これほどどっさりのものを呑んでいながら、上っ面は赤いきれを著《き》てかわいげにいた針さし――だが。

「これ、あたしが片づけるから玉子はもうおよし。」見のこして、娘は次へ起って行った。

毒針のように用心してかかっているくせに、指は心の動きの猛々しさにひっかかって、たびたびちくっとした。何度ちくっとしてもやめずに、一本一本抜いて行った。抜いても抜いても、かたまりはなおしんに固くしこっていた。からだのしんにぶすっと刺さって私にままっ子の針一本が、たしかに顫えていた。伏兵のようにつんと出て来たり、しぶしぶ押し出されて来たり、毛は針に嚙まれ、針は毛に畳まれているらしく、はてしなく思われた。

やりかけの洗濯もなにも忘れていた。完全に毛だけになったかと思うかたまりを、ゆっくりと、しかし大胆に、握ったり放したりして試み、私は満足だった。なごんだ気もちが、さらにその毛だまをも緩く解きひろげる作業をそそのかした。ややあって緩みはじめた。そのときになってはじめて、それがははの抜け毛ではないかと気づいた。しずまった胸にまた思いがのぼる。ひっぱると毛は抵抗を感じさせ、のち強靱にぷつっと断れ、つづいて二本三本、長くひきぬけて来た。

ははの髪は自慢に値する髪だった。量、長さ、色、沢《つや》、申し分なくていながら、皮肉なことに持主の意に逆らう髪だった。あまりに多くあまりに強過ぎて、ははの望む優しい髪がたには結いあがらないのだった。ふけ落し、白髪ぬき、その後は白髪染と、深《ふ》けて行く齢《とし》とともに何度私は手伝わされただろう。ははその度にじれて癇《かん》を起したし、私も途方にくれて腹を立てた。

一本一本力余って緩い反《そり》を打ってねじれているのが特徴だった。よく確かめようとし、陽かげはもう膝を移っているのを、ほっと知った。

抜け毛に齢はないものだろうか。からだを離れて三十年の余も押しかがめられていたとは信じられない髪だった。多少の軽い癖がついてはいるものの、いま頭から脱《と》れて来たものとしてもさしつかえなかった。これが何万何千本みごとに揃って黄楊《つげ》の櫛にすかれ、束ねる手から余ってこぼれた触感が、量感がおもい出される。

おやと思う。それが動いたようだった。風か？　熟視し、それはほんとうに動いたのだった。陽に光りながら、ちょうど癖になった個処《かしょ》で、ごく僅かに浮いて反《そ》るもののようだった。かたまりの中からほかのを引きぬいて、ちょうどそこにあった白い包み紙の上に置いてためすと、毛はやっぱり陽を吸うと夢のようにふわっと動き、若い女の伸びをするすがたが咄嗟に聯想された。――火鉢のそばとか簞笥の隅とか――窮屈にころりとして――ほんの一ト睡《ねむ》りだけが深く寐入《ねい》って――ふっと醒めて――本能的に頭だけを擡《もた》げて――見まわして――ずずっと背なかで摺って畳を漕ぐ――幾分胸や腰が浮いて、爪さきから指までの線がぎゅうっと張る――び、び、び、と快さが走る――力が落ちて胸のカーヴが元のやわらかい平安にしずまる、そんな姿をまどわせて毛のかがまりは伸びをした。若かったははの寝姿、夏などよく簾《すだれ》の蔭で寐入っていたその姿、竹に雀の模様のゆかたを著ていたっけ。

そのははは、くるっと畳に手をついて、むこう向きに起きあがった。髪に手をやって、にこっとこちらへ振り向いた。機嫌のいい時にする、おどけた笑顔でこちらを見ている。「よかったわあたし、もうままははじゃないもの。」そう云った。いえ、そう聞えたようだった。いいえ、それも違う、私がそう云わせたんです。でも、声はほんとうに天から降って来た、ほんとうに。

白いカーディガンの玉子が、ちいさいガラスのあき壜《びん》に、その　夥《おびただ》しい針を詰めて、匂いのある油をさしている。「埋めるにしても流すにしてもねえ——」

冬の陽のなかに私はからだばかりをぬくぬくといて、げそっと気もちが削《そ》ぎ落されていた。

「この毛、どうしましょう。」

「そうねえ」と濁して、私はいつも自分たちの始末する通りに、風呂の火の盛んなときにくべようときめていた。燃えさかる火には威厳があるものだった。威厳のもとに人知れず委ねて、無に送りかえしたかった。そしてそうした。針はいまだにそのまま私の針箱に入れてある。

ははは「ままはは」という縛られから、にこっと笑って、はっきり脱け出て行ったにちがいない。私もとうに、「ままっ子」から解き放されていた筈だった。おもえば長いような、また短いようなつながりだった。死なれたのちの親子のつながりというものは、生前にくらべて、おそらく較べものにならないほどの遥けさになお続くのだろう。

段

三月、といっても入ったばかりの二日の晩は、ひどい底冷えだった。じいっと何もしないで、玄関の二畳にいた。十二時を過ぎているが、寝てしまうわけには行かなかった。隣の小部屋には娘と手伝いのばあやが、息もたてないで蒲団をかぶっている。しかし、そのも一ツさきの八畳では、齢《とし》をとった父が若い助手をつかって、この夜《よる》夜《よ》なかというのにしごとをしているし、しかもその長年かかった七部集評釈のしごとが、たぶん今夜あたりで打ちあげになりそうなようすだったからである。雨も降っていず、風も吹いていず、東京をはずれたこの田圃の中みたいな住居は真夜中にかかろうとして、ひたに静かに、ひたに冷えて、すわった膝から腰からは、凝るように固くなる。身じろぎをすると、著物《きもの》のあいだに畳まっていた温《ぬく》みが惜しいように散って、まえよりもっと寒くなる、そんな夜だった。

評釈のしごとは、なにぶんにも七部集が大部なもので、はじめは七部全部にわたるつもりもなく、気に入ったところを気任せにする、といったしごとだったらしいが、したりやめたりしているうちに、「冬の日」「春の日」と連歌の部がみな済んでいた。それから約十年を過ぎて、今度は「猿蓑《さるみの》」の発句にかかったが、それもいつか済んだとなると、なんとなくやめるにやめられない、ここでやめるとおけらの水渡りのような中途半端なかたちになるので、それならいっそ全部やってみるかというところになって、あの戦争だった。齢もとっていたし、戦争の窮乏がこたえて持病の腎臓が悪化する、風邪のひどいのを引く、癇性《かんしょう》な人が敷きっぱなしの床に寝たり起きたりだが、病むたびに起きていられる時間がだんだんと少く、ついには寝たきりになった。眼もめっきりと暗くなってしまって、眼鏡もこれより工夫のしようのない極限の度のをかけて、そのうえツァイスの特別拡大鏡を使っても五号がまずかった。文字と文章に慣れた眼だから一字一字がはっきりしなくても読めはするが、それをすると眼にもからだにも相当な負担だった。評釈のような、あっちの本を調べたりこっちの本に当ったりする必要があるしごとは、小まめにからだの動かせるあいだでなくてはできないしごとだった。そこへ幸《さいわい》に小橋さんという助手を得たが、ところが今度は火事だった。戦災で手許においた参考書類や資料は全部焼いてしまうし、それも焼けたのはうちばかりではない、どこもかしこも焼けているのだから、不急な俳諧書などがそう早く集まって来るわけにはいかない。買おうにも調《ととの》えようにも打つ手がないが、それかといって安閑と待ってもいられない、すでに父は八十だった。

「しごとをし残して死ぬのは、それこそ片づかないおやじというものだ。とにもかくにもやってしまおう」と父はそんなことを云った。とにもかくにもというが、これはおそらく父にとって不本意至極の、どうにもならないとにもかくにもだったろう。眼が悪くてからだが動かないのではしようがない。でも、あるいは父一流のずぼんとした大まかさで、とにもかくにもと云ったのかもしれない。ちょうどいいのちのほうも一回の終りになりそうなのだから、しごとのほうもいい加減一応のきりにしておけといった、のんきな脱けかただったともおもえる。が、悪条件のなかで強情なしごとが進んで行った。そういうしごとの出来上りがかならずしも満足とは行かず、きっとどこかに不満足が残ってしまうのも承知の上であったようだ。今そのしごとが終ろうという。しごとが終るということは、私には私なりに多少の感懐はあるけれど、特別の緊張感などはなかった。ただむやみと冷えるのに閉口しながら、ぽつんとすわっているのである。それも大部分は小橋さんへの遠慮からで、小橋さんは前々から、もう何日ぐらいで終りそうだなどと予告をして気負っていたので、さきへ寝てしまうのは憚られた。

八畳からは口授の声が断続して聞えていた。低いから心をとめて聴いていれば何を云ってるのかもわかるが、気を放せばすぐもうわからなくなる。私は睡るともなく居睡った。小橋さんが夜なかも何も忘れたような声で、「おめでとうございます」と云ったので気がつく。――あら、おかしい。うちじゃあんなことを云ったためしはないのに、と思う。

小橋さんがこちらの部屋へ出て来た。この寒さに、上気していい血色だ。眼もくりんとしている。私にも改まって脱稿の喜びが述べられた。なんだか勝手違いで、おかしくてしようがないのをこらえて、「あなたも長いあいだ御苦労さまで」と尋常な挨拶をした。それだけでは先方ははなはだ物足りなげに、「先生にお祝いおっしゃいませんか」と催促する。「だって、ここのうちの習慣ではいつも黙ってひっそりしているのよ。お祝いなんて云ったことないわ。」「そうですか。でもまあ今度はちょっと御挨拶なさったらどうでしょう。」押しかえすような、もりもりした云いかたである。反対する理由がないから、「それじゃそうしましょう。」「どうかそう願います。」それからこれは先生もおっしゃるのですが、こう、何かありませんか。何でもいいんですが。」「何のこと云ってるの。」「あの、お酒ありませんか。」いよいよ変なことになったと思うのだが、云うなりに到来物の葡萄酒にコップを添えて行く。

　こうなっては挨拶なしの知らんふりもできなくて、「おとうさん、おめでとう存じます。」はたして父はてれた。「いや、なに、こんなことで祝いを云ってもらっちゃ困るね。これはこれで済んだが、あとは一ツ小説をやろう。もしそれがよくできたら、そのときには褒めてもらおうかね。」笑って云うが、本気とも冗談ともうけとりにくい。小橋さんは自分の嬉しさがいっぱいに盛《も》りこぼれているので、親のてれにも子のてれにもかまっちゃいられないのだろう、上機嫌で小説の話をしていた。——ほんとうに他人というものは、なんと変な力のあるものだ。他人が一人はいったおかげで、私ははじめて父へ脱稿の祝いを云った。父のほうだって家人からそんな祝いをうけとった覚えはあるまい。何十年ものここのうちの習慣にないことを、他人が大まじめで平気でやってのけるのだ。しごとが済んだからと云って、お酒を飲んで祝うなんていうはでばでしいことをやるんだから驚く。やりきれない安手になったという気もするし、ひどく滑稽でもある。

もちろん小橋さんの嬉しいのはわかる。これは自分のしごとなのではなくて、ひとのしごとの手伝いなのであるから、それだけにさぞほっと安心もしたろう。その手伝いが決して平易に済んだのではない。先生にはこづかれたり捻《ひね》られたりである。やっとこちらのやりかたがわかってきた昨今なのだ。だいたい調べものをすることは、誠実な気もちと時間のゆとりをもち参考書が揃っていれば、誰にも或程度の行届きかたは可能である。それ以上のことは多分に個性的になる。考えの立てかた自体が個性的になるし、実績がものを云うのもしかたがない。あてもないところに突然きらっと手がかりを見つけて、するすると問題を解いてしまったり、勘のような触手で問題の鍵を切りひらいてしまったりするのなどは、個性的な才能と、してきた学問なり経験なりの深度によって相違があるのはしかたがない。だから、じれったがって人をこづくほうの側に立つ身も、まごまごしながらこづかれるほうに立つ身も、それはたがいに我慢を要求されるのだった。それればかりではない、戦争中のあの被爆下であるし、加えて食糧難であるから、小橋さんはしごとのほかに買出しにも加わらなくてはならなかった。一方には大国主命《おおくにぬしのみこと》みたいに大袋へ芋を担《かつ》ぎつつ、一方にはこづかれつつのしごとであった。空爆にしろ芋にしろどっちみち、いのちにつながる問題を含んでのしごとだったから、やりあげたこの嬉しさはまた格別かもしれなかった。が、それはそれとして第三者的立場にいる私に云わせれば、「しごとはそうしたもの、それはあたりまえごと」と云えるのでもあった。父はいつも黙ってしごとをし、黙ってしごとを終え、始まったともなく終ったともなく、祝うことなんぞないのがあたりまえになっていたからである。

しかし、私の無感動より小橋さんの昂奮のほうが分量が多かった。翌日になると私はいくらかそれに誘われたし、翌々日はまたもっと余計に誘われて、被爆下の口述や病気高熱中の考証談義などが感傷的に思い出され、事改めて親の齢を数えたりなどした。またその次の日あたりは、「うちの例にないことではあっても、世間の常識から云えばしごとの切り目に祝うほうがあたりまえなのかもしれない。喜びごとは喜べばいいじゃあないか」とどことなくそんな弾みもついてきて、はじめのあたりまえごとがだんだん祝いごとに切りかわりそうだった。そのうえ、私は更にもう一ト側外へそれを伝えずにはいられなかった。石上書店の大林さんだった。終戦の翌々年のことだから、出版事業もまだまだ立直りかけたというばかりで、印刷工場の設備は悪いし用紙その他の資材は極度に不足だし、書店経営はやたらに忙しかった。しかしその忙しさも大林さんにかかると、逆に活動力の源にされてしまうように見えた。そういう中年の男によく見る凄じいほどの気力は、対《むか》いあう対手《あいて》を必ずたちまち活気づけないではおかなかった。評釈脱稿の喜びは私から大林さんへ伝わって、二倍の大きさに膨らんで私へ返って来た。その場で、心ばかりの祝いごとをするからと私は申し出で、むろん快く受入れられて、八日の午後にと約束ができた。そうなると、私はもっと弾みがついて、俳諧が好きないとこにも来てもらいたく、誘うとこれも、来るという返事だった。祝われる著作者の父だけがなんにも知らずに不断どおり、老いても骨太のからだをずしっと床に沈めて、口述は四五日休むと云いながら、できあがったしごとを空で反芻しているらしく、思いつく訂正個所を小橋さんに糺《ただ》したりして、脱稿による心の波のさしひきなどはまるで窺えなかった。あんなに昂奮していた小橋さんにしても、過ぎて行く時間にしたがってそれはもう、きのう、おとといと遠のいて、喜びは地道な思い出におちついて行くもののように見うけられた。それにひきかえて私だけが積極的になりだして、妙に調子がつきすぎたぞと気づいても、おちつけないようになっていた。——その日の酒はどうしよう、献立はどうしよう。そんな女っぽいことで喜びの表現法を考えるのを、どうしようもなかった。

その朝、まだ明けきらないというのに、私は省線二ヶ駅むこうの魚市場へ買出しに行った。市場と云っても公営のものではなく、戦後自然にできたやみ市場なのだが、物のない時ではあり、わざわざ東京からくろうと・しろうとが、がんがらや買出し籠をさげて来るので、相当な賑かさである。せりは浜近くの柵囲《さくがこ》いのなかで行われ、そこには多少纏《まと》まったものがあるようすだが、そんな遠くまで行かずとも、町中いたるところに、一見あき店か、あるいはまだ寝ている店屋のように装って、いわゆるやみ屋の取引場が幾軒もあった。たいてい三尺だけ戸口が片寄せてあって、通りすがりに中が見透《みとお》せないように、四布《よの》風呂敷や古簾《ふるすだれ》がおろしてある。云うまでもなく看板があるわけはないが、簾の裾から見た土間やたたきがびしょびしょ濡れていれば、たとえ看板はかけてなくても必ずそこに魚があるのだ。もっとも、見ず聞かずでも知れているのは隠しようもないそのさかな臭さである。そういううちへ、無言でいきなりにゅうっとはいって行ってはどなりつけられる。お早うでも、こんにちはでも何でもいい、でも声をかけたら返辞を待つことはない、ぐずぐずしないでさっさと幕なり簾なりを掻《か》いのけてはいってしまう。四斗樽があって乱暴にいろんなさかなが詰めてあるのだ。土間がきれいに片づいていて何もないこともある、それでもそれで帰ってはいけない。土間がごったくでいっぱいに散らかっているような時も、それだけで退散してはいけない。「けさは何がはいっているの」とか、「小鰺《こあじ》はない？」とか云えば、腰の下の揚蓋《あげぶた》をあげてくれる。揚蓋の下はきっと水槽になっていてさかながあるのだ。で、あとは交渉だけになる。およその相場はあっても、上手に買うのもへたに買うのも対手次第である。尻尾のぴんとした身の固いやつを前の客に三百円で売っても、あとの客には眼玉の白い、ぐんなり柔かいのを六百円で売るくらいなんでもない。もしびっくりしてそんな現場を見ているような薄のろがいたにしても、あちらは一向平気でさっぱりしたものだ。「おばちゃんは何を買うんだい」とにやにやしながらゴム長でそばへ寄られると、知らない間にあとずさりして店の外へ押し出されているというものだ。買出し人が列になって通っている公然の秘密のやみざかなであるが、秘密という以上は、そんなふうにそれとなくしつらえてある市場であった。

私には顔なじみがあった。向うは私を小料理屋の女中と踏んでいるらしいが、その方がしろうとの細君に見立てられるより便利そうだった。おかしいのは、いくら金払いよくしてやっても、そういう店はさかなを予約して取っておいてもらって、こちらの都合のいい時刻にあとで取りに行くというのはいやがった。「さかな屋は綺麗なのが好きでね、からっと掃除しちまわないと気が済まないのさ」というだけの理由なのだが、それは多分、何《なん》時《じ》まではさかながあっても大眼に見るが、それ以後は見つかったが最後、鰯《いわし》百匁もその辺の御規則だ、というのでもあろうか。だからどうしても早起きをしてそこまで出張しなくてはならなかった。

刺身材料と酢のものと揚げ種がほしかった。ごりっと弾力のある、いいひらめを、よこしてくれた。これなら私の庖丁でも切目《きりめ》の崩れる心配はなさそうである。刺身皿はこれでまずできたも同然だった。けれどもそれだけしかくれない。「小ざかな無いの?」「ない。」「ない筈ないじゃないの。」「その筈がきょうはよそへ行っちゃったんだ。」「どうしてないの?」さかな屋はそんなへまな問に答えはしない。「きょうあんたのところ、お約束のお座敷かい。」「無論そうよ、先払いのお客だもの。意地わる云ってないである筈にしてよ、こっちも商売だもの。」小料理屋の姐《ねえ》さんに見られているからには、私もそのくらいな駈《かけ》引《ひき》はするのだが、素直に受入れてくれる。「だめだよ。けさは小ざかなが一ぴきもねえんだからね。うそじゃないんだよ。」「まあ、へんねえ。」「だからよ。**の線路わきへ行って見な、みんなあっちへ泳いで行っちまったんだからよ。」「へーえ。」**とはもう一ト駅手前の中等駅だった。不断は静かなその駅が、けさはいやに込んでいるなと、電車の窓からちらと見たのはそれだったのだろう。きっともう買出し連中はそちらへ殺到したにちがいない。早くしなくては間にあわないかもしれなかった。

　理由はおおよそ見当がつく。何かでやみ屋の集団的な出入りがあったのか、あるいは時々ある一斉検査というやつである。あちらで検査にひっかかったものが、すぐ隣町の**のさかな屋に払いさげられ売りだされるとき、その品物には一々正札が立てられるそうで、正札のないときはさかな屋同士の都合や不意の出入りがあった結果なのだというが、来て見ればここには札が立ててあった。意外に廉《やす》い。いつもはそんなに活潑でもない処がらがごった返す人で、狭い道はぐしゃぐしゃに捏《こ》ねてある。人の背から覗くと青い蟹がたくさん積んであって、よさそうだった。蟹の山のすぐ横に長方形の水槽が置いてある。車えびがついっと細くからだを伸《の》すのが見えた。しめた、生《いけ》えびがあるなら今夜はこれで十分にいい膳立になる。掻きわけて前に出ると、いかにもいいくるまだ。底のほうから、つん、つんと突きあがるように浮いて来て、又つんつんと沈んで行く。生《いけ》ものだけに値も張って買い手がなかった。これなら天ぷらより焼くより、そう、酢で行くのがいい。おろして、背わたを取って、薄塩をする。たっぷり湯を沸かして、用意はそれだけでいいのだ。ぐらぐらする中へすうっとくぐらせると、まっ白なみにまっ赤な縞が染めあがって。ふうふういう熱いうちを柚子《ゆず》の酢だ、ああうまい。たべないさきからうまさは知れていた。「へえ、いらっしゃい。高いよ、えびは。さあいくつ？　へえ、十ときた。」たいそうなつけ景気で恥しい。「ぴんぴんしてるの選《よ》ってね。」黙っていればよかったのだが、今夜の台処の楽しさが眼の前に躍っていたので、ついそう云った。男ははたち搦《がら》みのアプレ型、それが私のほうへ眼をよこしてぐんと反《そ》りかえった。「生《いけ》えびってものはね、どれもみなぴんぴんしてるものなんだよ。――入れもの持って来たかい、なけりゃ新聞紙をサービスしとかあ。」けんのある口調だった。男は水槽の縁《ふち》にかがんで、いかにも中の生きものを大切にしているといったふうに、そっと手を動かした。思ったより数多いえびが、もわもわっと足をひろげて浮きあがって来、ひろげた足のままでもわもわと沈んだ。あやしい、これはあがってる。生《い》けではなくてあがっているらしい。水を利用して指さきの扱いで見せてやがる。男はもう一度底から躍らせておいて、やにわに「ええ、イッチョーヤ、イッチョーヤ」と声張りあげて、片手のがさがさにした新聞紙の凹《くぼ》みへ、えびを摑んで数え入れはじめた。「待ってにいさん、あたし生きてるのにしてもらいたいのよ。」ごまかされる心外さより、文句なしに生きてるえびが欲しかった。男はずいと立ちあがって、ものも云わずこちらへ凄むと、新聞紙をひっくりかえした。えびが水のなかへぽとぽとと落ちた。運悪くだか運よくだか、一ツが紙の端へひっかかった。とっさに彼の腹が読めて、私はちゃっと、ひっかかりえびを摑もうとした。摑めずにえびは水へ落ちて、私の立場はまずくなりそうだった。もうあとへは退《ひ》けない気がした。いやな空気が流れて、向うも負けられない顔だった。「死んでるって云うのけ？」「そんなこと云ってやしないわ。ただ生きてぴんぴんしてるのが欲しいって云ってるんだわ。」こわいくせに口がつるつるしゃべるのだった。まわりがざわざわしているのがわかったが、頸《くび》が前向きにきつくなっている。と、うしろで「奥さん生きがいいぞ。」どっと笑われた。「まだ腰はしゃっきりしてるぞ。」なおどっと来た。

「おれも買おうかい、五十ばかり。」一ト眼にくろうととわかる、ずんぐりしたのがしゃがんだ。「おれはしろうとじゃねえんだから掻きまわさねえよ。よかろ、選《よ》らしてもらっても。」もう水のなかへ手がはいっていた。私はその人の手から生きてる十尾を新聞紙へ載せてもらった。アプレは向うを向いて、知らぬげに何かむしゃりむしゃりたべていた。なんと云ってもこっちが勝ったぞという気がした。

いったんうちへ帰ると、こんどは裏の百姓家へ行く。わけぎとやまと芋と卵と。材料揃えにこう時間を食うののじれったさ、いらいらする。けれども、土のついた野菜をさげて畠道《はたけみち》の日向《ひなた》を帰って来れば、なんというのんきさだろう、なんという幸福だろう。一日をそれにかかりきって、親しい人を招《よ》ぶ楽しさは、なんという贅沢なたのしさだろう。時間も気もちもたっぷりしているし、金にしても今の自分には奢《おご》りすぎだ。でも、これが八十過ぎまで黙々としごとをしつづけた家長へ、はじめて供《きよう》じるしごとじきりの祝い膳なのだ。八十年目に一遍する心祝いだとすれば、さほど贅沢でも奢りでもあるまい。むしろ乏《とも》しいほどささやかなものかもしれない。まあ、物のあるなしなどどうでもいい。いなかくんだりのやみ市でアプレと争って取ったえびだって、いわば天から許されたものだ、ぬかりのないように料《りよう》ることだとおもえば、畠道はたちまちせかせかとせわしい時間である。そうせかせかするからのんきだとも思うのだし、のんきだから自然せかせかもする。こんなふうに一トめぐりしてもとの出発点に収まるものおもいを、私のぐるぐるまわりと称して自ら嗤《わら》うのである。

ほとんど調って客はまだだった。約束の時刻には間もない。一ト足早く準備が終ったことに私は大満足だった。人を招くしたくは早すぎてくだらない、遅すぎればなおくだらない、一ト足早いのが理想というものだが、理想通りに行ったわけである。私はこれから以後の時間をもっとよくしたかった。だから、ばあやと二人、しずかに客を待つ間の番茶を飲んだ。料理の出来不出来が料理人の健康によるのは常識だが、健康でも腹の張っているときと空《す》いているときとは、味が片寄りがちだ。満腹のときの味はいくらか薄加減にでき、空腹のときのは下司《げす》っぽい味になる。舌がいちばん敏感なのは張ると空くとのまんなかを、ちょっと空き加減寄りである。番茶に軽いものを少したべて、満腹ならず空腹ならず敏感な舌でいたかった。できるだけ最上に尽してやりたい逸《はや》るような気があった。

みんな揃った。いちばんあとに来た大林さんが四合罎《びん》一本をおみやげにくれた。西の宮から一升さげて来た人があったので、とてもいい酒のようだから、ほんの一ト口だが先生の分だけ、ということだった。大林さんを加えて座は陽気に笑いがつづいた。

私は知っている、食事が出るまえの席は人数《ひとかず》がふえるごとに話に調子がついて、高調子なやりとりが続いて一トしきりすると、こんどは逆におちついてくるものだ。へたをするとそのまま湿りつく場合もあるし、潮のさすように時を切って上向き《うわむ》になる席もある。酒を運びだすには耳がいるのだ。調子の弾んだ盛りに出す、落ち口に出す、落ちきって出す、上向きはなに出す、いつ出してもいいようなものが酒だが、きっかけを見て運びだすと、あとの給仕や料理の出しかたが楽になる。それを私は知っていた。知っていながら、二度その折をはずしていた。使いに出した娘が帰るのを待っているのだった。ばあやが無言に私をうかがいながら、これから忙しくなるまえの手持無沙汰で、流しの縁《へり》にもたれて休んでいた。

台処は鍋も笊《ざる》もぞんぶんに散らけてあって、さあと云えばいつでもその散らかりが手順よくすらすらと、飲みごろ食べごろに仕立てられて行く計算だった。ガスのないそのころは炭も配給の足《た》しなさながら、その日はとっておきを使っていた。客の顔を見てからゆっくりつぎ足したしちりんの火が、ちょうど煮るにも焼くにも頃あいである。これをもう少し後《おく》らせると、火の強さは下向きになる勘定である。青さをいのちにする茹《ゆ》でものをしながら、私はもう一度時間の計算をやり直してみた。使いにやった駅の薬屋までが二十分、そこで取る手間をたっぷり見て十分、帰りがまた二十分、とうに帰りついている筈の時間だ。途中で何か買いものでもしているのか、それにしても帰る時間だった。

弱い夕風が出ていた。この風が境で、するする夕がたの幕が降りて来るだろう。いまお膳を出せばお銚子《ちょうし》が三まわりもして暮れきる。気温がさがる。雨戸を入れて、燈《ひ》が明るくなる。障子を立てて、部屋が小ぢんまりとして、人はちかぢかと寄る。ここがきっかけというものだった。もうここが逃がせない時間だった。朝明けから起きてしたくしたものが、ここでやっと花に咲くきっかけであるが、娘はまだ帰らなかった。すると、特徴のあるとすとすという歩きかたで小橋さんが、狭い台処へ顔を出した。「奥さんまだですか。僕ちょっと様子見に来たんですが、やあそれえびか、これはご馳走だ。」そう云われると、ぷつんと私の枷《かせ》がはずれて、ひょっと気が弾んだ。「そろそろ出しましょか。」――そうなのだ、なにもいつまで娘を待ってることはない。どうせ帰って来るにきまってることなのだし、どんなに手間どったにしろこれより手間のとりようがないいっぱいの時間なのだもの。

ばあやが、「どのご酒《しゅ》をつけますか」と云う。「いま戴《いただ》いたのにして頂戴。どれ？　ああいいご酒だこと、この匂い。」下戸でもこんな場合に、いい酒の匂いは心を弾ませた。ばあやが膳を持ちだしている。私の手と足とは、いっしょに又それぞれに敏捷に働かされ、眼と脳とは、見えている手もとと見えていない客の部屋とを重ねて写した。料理をして人をもてなそうとしている女の、いちばん得意な時間、自信たっぷりな時間であった。私はゆったりと、しちりんと水道のあいだに立って、ことさら意識して衣紋《えもん》を繕っていた。心づもりの通り、八畳からは声が立って来ていた。待たせ気味だったところへの三本の銚子はすぐ空《あ》いて、小橋さんがまた顔を出す。「すばらしいお酒なんです。少ししかないそうですから、あとは先生にだけさしあげてください。われわれにはこちらで用意の分のをお願いします。」

用意の酒は二本あった。そして、それが今更の当惑だった。予期した当惑だったが、ちくんと癪《しゃく》にさわる当惑だった。娘の帰って来ないことと酒の当惑とは、実は一ツものなのだ。台処をするものにとって、今ここで雨だれ拍子に酒の間《ま》を抜くことは恥しくてできないわざだった。席をぶっこわすような酒の運びかたは到底忍びない、しゃんしゃんと手際《てぎわ》にやりたかった、やって見せたかった、やるのがあたりまえだと思った、やるべきだとおもった。

「それの口あけて頂戴。」そう云いつけると、すっと気がおちついた。ばあやはうつむいたなりで口金をはずしていた。私は手器用に吸物椀へ汁をよそう。娘の帰って来ないのだけが気になって、娘の使いの目的のほうにはもうさして心を煩《わずら》わしていなかった。気持は全部料理のほうへ走っていた。三本の銚子はまたすぐ台処へ帰って来て、燗《かん》がされている。今度の銚子につけて出すさかなは刺身だった。ありあわせの大皿へおごのりを山に、刺身の波を塩梅《あんばい》して、つまと薬味の置き場をはかっているときだった。がらっと明いた。帰って来たな、――かまわず芽紫蘇《めじそ》を置いていた。そして、突然、はっと来た。

夢中で一足《いっそく》に飛んでそこの茶の間。まっ青な娘の顔が肩で喘《あえ》いでいた。「――かあさん、――」もはや飲んでしまったあとかという問のかわりに、娘の眼と頸がぎこっとしゃくった。ばあやがコップの水をぶるぶるさせて差し出した。歯が当ってかちかちと、水をこぼしたなり娘はそこへへばって泣きだした。見る見る私は狂暴になるような感じがした。「どの位？」娘は声を嚙んで泣きやめずにいる。私は手応えの重さをぐいとはね返して、娘の肩を無理にゆすりあげた。「え？　どの位？」青隈《あおぐま》がえぐれたような顔へ、乙女の涙がつながって流れている。「二合でだめなの。」くなくなと又へたばる。

メチールである。薬屋へ試験を頼んであったのだった。戦後の酒は私は一本残らずかならず調べさせていた。そして一本残らず皆たしかな清酒だった。一本残らずだ、皆たしかだったのだ。一本残らずだ、一本残らず――。

一人の身内と二人の身内に劣らぬ親しい人と、その三人を死なせようとしているのに、

――女は、いえ私は、急を知らせようにもそこへはいって行く勇気がなかった。はいって行くために足を動かしたのに障子の手前から輪をかいて退《さが》って来た。鳶《とんび》のように輪をかいて二度舞った。そしてその足で、さも大丈夫のようにきりっきりっと歩いて、――ばあやは後《のち》に、そういうことばで語った――台処へ行くと、なんのためかしちりんの火口をふさいで、それだけのことをすると又きりっきりっとした足どりで、茶の間へ、そこでへたっと坐ったそうである。

＊

大林さんは三十年来私の父のところへ来て、たのしそうに語り細かく気づかってくれた人だった。いとこはこれは生れたときから知っている叔父甥、いとこ同士である。小橋さんは浅くて四五年の間柄だが、空襲のなかでさえ、――空襲だからこそだろう、いつ死ぬかわからないからこそだろう、父のそばを去らなかった人である。わざわいより驚愕のほうが上廻っていたのはしあわせだった。三人とも多少の障害をこうむりはしたけれど、事無く済んでよかった。

私はどかんと大幅な段を墜《お》ちて、そこから否み得ない老化がはじまっているのである。

糞土《ふんど》の墻《かき》

向嶋蝸牛庵《かぎゅうあん》は、よい隣をもっていた。蝸牛庵は文字の通りに百七十坪ほどの、でんでん虫の殻ぐらいしかない、ごく小さいうちだったけれど、隣は料亭雲水《うんすい》の広い寮だった。寮には四軒の別々の家があって、一軒は二階造りの母屋《おもや》、二軒は茶室風に釜も置ける家、もう一軒は二三十畳の広間のある家というふうで、以前は頭を剃って腰衣《こしごろも》をつけたかわいい小坊主が、ときどきお客や綺麗なひとを案内して来たりした。珍念さんと西念さんという二人で、小学校へも腰衣に鼠の著物《きもの》でやって来て、いつも嬲《なぶ》られていた。が、そんなことは古いことで、その頃その千何百坪もある庭は、まったく持主から忘れ去られた廃園のようになっていた。入口の母屋には梅野至鎮さんという風変りな人がいたし、つぎの小家には植木職比久沢《ひくざわ》さん夫婦がいる。つぎの広間にははじめ比久沢の息子田吉《たきち》君がい、一番奥の茶室は空《あ》いていた。これを蝸牛庵の先生は一ト頃勉強部屋に借りていたことがある。

園は境の垣根がほとんど朽ちていたが、樹木が多かったから、それはそのままに風雅な生け垣のような形だったし、寺島村という土地は隅田川の東に沿う平地だから、大川からの水は縦横蜘蛛手《たてよこくもで》に溷川《どぶかわ》を張っていて、ちょうどこの園もぐるりの半分は都合よく水がしきっていた。管理人は植木屋の比久沢夫婦だからお手のもので、あんまりひどく破損した処は古竹で、ちょっと四ッ目を結ったり葭簾《よしず》を張ったりしておく。東の隅《すみ》に築山《つきやま》があって、そこに槙の古木が椿を副《そえ》にして突っ立っているが、それがいかにも堂々としていて、あたりの楓《かえで》や松や岩つがや、そのほか藤・竹・あすなろうの下草どもを見おろしていた。山の裾がすぐ池だ。大きな瓢簞池《ひょうたんいけ》だったが、そこからの眺めが一番広かった。池の深さはもっとも深い処が、おとなの二倍といわれていたが、干潮のときは澄んだ水の底の藻草《もぐさ》がゆらゆらして見える。魚は鮒《ふな》がいっぱいいる。むろん蛙も目高もだぼはぜも住人である。水は大川と一緒に干満があるから、魚も一日中には浮く時間と沈む時間がある。瓢簞のくびれ処に土橋がかかっているが、まんなかが腐って土が落ちて穴になっているから、犬よりほかは渡れない。断橋としゃれているわけである。築山と池に相対して茶室がある。大きな傘松が茅屋《かやや》の屋根すれすれに枝を拡げて、南画に見るような横平たい畳一枚くらいの石がすわっている。その石のくぼみにはいろんな自然生の草が根をおろして、菫《すみれ》なんかも咲く。そこから踏石は池のへりを遠のく。梅・さるすべり・桐・孟宗・銀杏・柏・欅を縫って、山吹・卯の花・小でまり・雪柳・小米桜などのしだれるもの、忍冬《すいかずら》・美男かずら・むべ等の蔓《つる》もの、お茶・沈丁花《じんちょうげ》・躑躅《つつじ》・どうだん等の丸く茂るもの、それらが手入れ不足のままに遠慮した風《ふう》つきで互に枝さしかわしていた。

中のいいのは木ばかりでなく、住む人たちもまた、つかず離れず中よくしていた。比久沢のじいさんばあさんはいくつだったか、要するにじいさんばあさんだった。二人とも痩せぎすで腰など曲っていない。じいさんは細面《ほそおもて》で金歯で、いい男で、ばあさんは角顔《かくがお》で男性的で美女ではない。じいさんはばあさんをいたわっていたし、ばあさんはじいさんを大切にしていた。老夫婦は個々別々によく、また一体としてはなはだよい組合せだった。植木屋というものは旦那方につきあうものだから、じいさんの態度はていねいだったし、ことばはございます調だった。ばあさんはぶっきらぼうで、むちゃくちゃで、愛敬《あいきよう》あふれることばつきで実に興味津々たる話しぶりをする。自分の亭主や息子のことをニシと云う。主《ぬし》なんだろうけれど人は評して、「赤にし田にし」なんて蔭口をきいた。男を指したのか女を指したのか、どっちの悪口かわからない。息子の田吉は柳橋のある染物屋で年季を入れたという履歴で、このばあさんの子と思えぬいいなせなおしゃれな若者だった。とっちゃん刈りという髪のスタイルで、全体を四角に短くして額だけ一ト握りをのばして油てらてら、ちょいと櫛の歯を見せようという、細みの紺股引《こんももひき》・紺足袋に麻裏をほんの爪《つま》さきだけ鼻緒にひっかけて、いつも唄をうたってる。「眺め見あかぬ隅田川」が好きで得意らしい。母屋に住む梅野さんは中肉中背、毛が薄い。みずから、おれは中商工業者だと称しているが、いつも眼はやんめで、口はからすの灸でくちゃくちゃしていた。木も花も魚も人間も、まったくよき露伴家の友人であった。

どこの家の誰より一等さきへ比久沢のばあさんが起きる。「生れが百姓だあによ、朝はトンと一緒にはあやく起きる」きめなんだそうだ。トリじゃない、トンと聞える。そのトンどもは自慢の鶏どもである。じいさん手作りの鶏舎《とや》が広っぱにある。雄鶏《おんどり》は鶤ッ鳥《しやも》だが、雌鶏《めんどり》はコーチンもレグホンも一緒に十何羽いる。鶤は「強い」がじいさんの自慢で、めんどり群は「よく産む」がばあさんの自慢だ。よく産む牝《めす》は年産三百六十が最高記録だそうだが、ここのは三百いくつとかいう優秀さだそうだ。鶏どもは、ばあさんが起きて来るのを鉄網《かなあみ》の内側で勢揃いして待っている。いくら百姓だからといっても今は純百姓ではないのだから、まさか一番鶏で起きるんじゃない。鉄網へ行列している腹のへった鶏《とり》どもの一しょう懸命な眼は、ばあさんに余程かわいく見えるらしい。じいさんの世話も御飯焚《た》きも後まわし、顔も洗わないさきに鶏小屋の錠を外してやる。鶏舎《とや》にはなかなか用事がどっさりある。

忙しい老女主人に知らん顔して鶤は胸をえらそうに突きだして羽搏《はばた》く。実際、勇壮だ。きらっとした利眼《とめ》だ、赤剝《あかむ》けの胸だ、つやつやした羽交《はがい》だ、しまった脚だ。おもむろに両翼を揚げておいて、ばさばさっとやってときをふく。勇ましいにはちがいないが、それがちっと滑稽だ。彼がそれをするときは、きまって平地よりも高い処へのっかってやる。一尺も二尺も高ければ勇壮はさらに勇壮だろうが、たとえ二寸でも一寸でも高い場処ならかならずそこへのっかってやるから妙である。それが済むと柄にもなく、くーっくっくっくっと優しい声をして牝を呼ぶ。彼の羽交がすうっとさがって地を擦《す》ると、忽《たちま》ち追いまわして強婚する。十何羽の夫人に夫であることは容易なのである。ばあさんは、「ええ若い衆《し》だ、きついぞきついぞ」とにこにこしている。

「きついのがいい若い衆なの？」

「そらそうにきまってる。鶏ばっかりはきつくなくちゃあ、はあ駄目なもんでさあ。」

ばかりはと決定しているところなど、あっぱれなものだ。彼はその日その日の風向き次第で、あるときは築山へ、あるときは水辺へ一隊の雌鶏を率いてみみずをほじって行脚《あんぎゃ》するのである。

鶏の行脚のはじまる頃、じいさんが井戸端へ出て来る。隣の母屋の梅野さんも井戸へ来る。この人も顔を洗うよりさきに豆のようすを見る。大桶に漬けた大豆まめだ。染物のごにする大切な道具なのだ。自分本位な人で、機嫌のいいときは自分から声もかけるが、豆の調子の悪いときなどは、じいさんが「おはよござい」と云ったって、「うん」としか云わない。

ばあさんは働きもんだから、御飯の焚《た》けるときはもう掃除ができてる。もっとも四畳半一ト間のうちだ。ばあさんは帰依心が深い、なんでもありがたくて拝んじまう。だから御飯のまえには、お天気なら築山の方へ向いてお日様を拝む。雨の日は拝まない。それから大神宮様を拝んで、仏様を拝む。誰のお位牌《いはい》なのか知らない。よくこれほどの分量がこなせると驚くばかりの味噌汁や香の物を盛りあげて、さし向いの朝食がはじまっている頃、幸田家のフェスが四ッ目の裾をくぐってはいって来る。スパニールのような、セッターのような、長毛の大きな牝犬だ。彼女は非常に鮮かな表情をもっている。比久沢家の上り端《はな》へすわって顎を框《かまち》の上へ載せ、誰が見ても機嫌のいい笑った顔をしてそっちを見ている。尻《し》っぽは雨の日の自動車のクリーナーブラッシュのように、扇なりに地を掃いている。犬に見ていられるとばあさんは落ちついてたべていられない。自分たちばかりたべていては気の毒でならない。なんでもそこいらにあるものを持ちだして来てやる。犬は菜っぱの茹でたものやお香こはたべないのが普通であるが、フェスは気持の優しいやつで、くれたものをたべないと人が失望することをよく知っている。林檎だって変な顔をしながらたべる犬だ。なんでもたべさせさえすれば、それでばあさんの気も済み、たべさえすれば犬もそれで朝の訪問を果した気らしい。

隣の梅野さんへ行く。梅野さんじゃ、とたんに火のついた薪《まき》や茶がらなんかをほうり出す。犬は毎度のことだというようすで、往来を越した向うの家の枝折戸《しおりど》の桟を器用に明ける。この犬は引き戸でも開き戸でも明けてしまう能力がある。閂《かんぬき》のしてある門なんかは明かないが、その代りに塀のどこかに彼女専用のくぐりができている。お通りの道筋にさまたげは無いようになっている。向い側の家は家作持ち金持の上田先生の家だ。上田先生は坊ちゃん育ちの小学校の先生で、すこぶる人気がある。恋愛結婚で奥さんは狐型美人だ。美人だからきどっているけれど、犬はかわいがってくれる。フェスはここにしばらく引っかかって、小さいお嬢さんのおしっこのお相伴をしたりして、その御褒美にビスケットくらいを貰うらしい。

それからまた道のこちら側へ渡って、鳶《とび》の頭《かしら》のうちへ行く。頭は小兵だが筋金入りの腕《うで》脛《すね》だ。おかみさんは小肥りで愛敬者でイット所有者だ。頭を金ちゃんといい、おかみさんをふうちゃんという。人は、金ちゃんとこのふうちゃん、ふうちゃんとこの金ちゃんなどと、頭夫妻を親しく呼ぶ。子のない頭夫婦はフェスの訪問の時間を待っていてくれる。

犬の巡礼はまだ続き、鶏の行脚が築山に達したころ、田吉がようよう寝ぼけっ面《つら》に頭ばかり光らせて出て来る。この男はよほど頭が大事だと見えて、起きあがるとすぐ櫛を当てるようだ。雨戸も明けず巻煙草を啣《くわ》え、楊枝を使っているのに、頭はすでにぴっかりしている。「洗張り染物屋が日が出てから起きるようじゃ為《ため》んならねえ」が、親たちのこごとの種なんだが、悴《せがれ》は夜、浅草へ出かけてビキの活動を見たり、ときどきは荒れて近処の悪所へ朦朧とかき消えてしまうんだから、朝はくたびれていて、お天道様《てんとさま》と競争なんかできないのも無理はない。

似たような商売だが梅野さんは印袢纏《しるしばんてん》を染めたり、木綿を麻に化《ば》かしちまう商売だ。加工麻と称して真岡《もおか》や綿絽《めんろ》に麻をかけて、それに型を置くと立派な麻浴衣に化けてしまう。しょっちゅう硫酸だカルキだと騒いで、何やら薬品をあっちこっちしているので、近処では、「そのせいでああ眼腐れでからすの灸で毛が薄いんだ」と噂している。薬品を使ったり、それでできたものを売ったりするので中商工業家と自称しているのだという話だ。比久沢夫婦もふうちゃんも、なるほどと思っているが、上田さんの先生は変だなと云っている。田吉はこの人の商売と名を軽蔑している。至鎮はみんなシチンと読むが、田吉はイタチンと読む。同じように染釜を持ち、伸子《しんし》を打ち、刷毛《はけ》を握るのに、一人は粋にきどって耳に煙草を挟み口に歌い、どんなに水を扱っても足を濡らさない。片っぽは硫酸のはねで茶色に焦げたシャツをだらんと著《き》て、ただれ眼をしょぼしょぼさせながら、足と云ったら穴あき地下足袋のなかでびしょびしょ青ん膨《ぶく》れになってる。齢《とし》も違うが至鎮さんは田吉を、どういうわけだか干瓢野郎《かんぴょうやろう》と云って弟分にあしらい、それでも似た商売の中好くはしている。

十時になると、露伴先生は一ト仕事済まして、きっと庭へ出る。破れた垣根越し溷《どぶ》越しにじいさんと挨拶して、大抵は隣邸へ庭下駄を延ばして来る。じいさんはそれを見るときまって、「一服やりませんことには腰が云うことを聞きませんで」と云って休む。田吉も至鎮も先生を誇りとし、また親しい隣旦那としている。

「結構《けっこ》なお天気でけっこでございます。」田吉は自分の商売に云ってるような挨拶をする。

至鎮は薄い毛をほやほや押っ立てて云う。「先生、鼠は支那から来たもんかね、お釈迦が死ぬとき耆婆《ぎば》が薬を投げて鼠が持って来たから、発生地は印度かね」とやる。ゆうべ大切な豆を荒らされて癪《しゃく》に障《さわ》っているんだが、先生は知らないから感心している。

「いや君はえらいこと知ってるね、耆婆だなんて。」

それから至鎮の自慢話になる。お医者の玄関番をして薬局も代診も、ときには手術の手伝いも何でもやった経験を話す。聴いていると博士号なんぞ朝飯前のようだ。

「美人の患者は来なかったかね」と先生がまぜる。至鎮は口の端のおできに唾《つばき》を流して喜ぶ。

田吉がくさって、「その挙句がイタチンでさ」と掻きまわす。

ばあさんが手拭を冠《かぶ》ったまま、「渋ッ茶いっぺえおあがんなせえまし」と出しといて、「ニシ達あよたこくもんでねえ」ととりつくろって云う。

ふうちゃんが洗濯物をかかえてはいって来た。自分の処の井戸よりここの方が浅いので、釣瓶《つるべ》が楽なのである。顔も愛敬、ことばも愛敬だ。「兄さん達、お邪魔だけどちょいと素人《しろうと》もなかまに入れて頂戴。」

「いいとも、いいとも。」至鎮氏は優しい。肥った年増《としま》の洗濯は恐ろしく活潑で眼を奪う。

誰も知らないうちにいつ来たか、みんなのまんなかに一匹の犬が来て伸びていた。一見、全身膿《う》みとろろぎ、病犬だ。至鎮は水をぶっかけた。

「あによするでえ、そんげんな。」ばあさんはおこったが、犬は水をかけられたまま、ぐったり伸びていた。騒ぎがはじまった。

「はあ死んだけえ?」じいさんが田舎ことばになった。

ばあさんは敏捷だ。「ぐずぐずすっことねえ、菊の葉っぱだあ。」

じいさんがむしゃぐって来る。ふうちゃんがそこらの藁を枕にしてやる。揉んだ葉からは青臭い汁が、抵抗のない犬の唇にしたたり落ちた。

「もっとやれ、もっとやれ。」たちまち験《げん》があらわれて、犬は歯を緩め舌を動かし、肋《あばら》が呼吸を数え初めた。しんとしていた。春の陽のなかに一ツの生命がこっちへ呼びかえされようとしている。

「せつねえか。神様、お助けくだせえまし。」ばあさんの手が皮膚病の犬を撫でた。犬の眼から涙のようなものが二滴三滴絞れ出た。

「ふむ。」先生は眼を放さないで云う。「至鎮さん、菊の葉には何を含んでるね。」

耆婆だから即答する。「砒素《ひそ》かも知れねえね。」

犬は助かるらしい。筵《むしろ》に臥《ね》かされて日蔭へ運ばれた。一時の昂奮が去ると、ばあさんと田吉は争っている。病犬は菩薩様のかりのお姿みてえなもんだから、菩薩様を看病して病気がうつるなんてことはないと云い張る。負けた田吉は今度は懇願する。「そんならそれでもいいから、その手だけは洗ってくれよ、な。」

これにはみんなが賛成し、ばあさんも異議ない。石鹸をつかわせ灰汁桶《あくおけ》へ手を漬けさせようと、田吉は洗張りを消毒とまちがえているが、ばあさんは心得ている。塩に越したもんはないと、塩壺《しおつぼ》へじかにその手を突っ込んだから、田吉は悲鳴をあげ、先生は頭をかかえて、笑い笑い自分のうちへ帰った。じいさんだけが驚かず、へっへっと機嫌よく、檜《ひのき》の下へ立って鋏《はさみ》を鳴らした。おんどりが、こけこっこうと甲高く鳴いた。

先生と入れ違いに広っぱへ現れたのがフェスだ。彼女はあわれな同類を一ト通りふんふん嗅《か》いで点検し、さっさと見棄てて鶏小屋へ行った。めんどりは慌てて逃げだす。彼女はひょっと身軽に棚へ乗る。巣箱へ頸《くび》を突っ込む。悠々と仕事をして引きあげて行く。ばあさんが見ていて、はっはっと笑った。犬は立ちどまり口に卵を啣《くわ》えたまま、ちょっとうしろを向いて尻っぽを掉《ふ》っている。見つかったものだから、戴いて行きますよと、しかたなく挨拶をしているわけだ。竜のひげのなかへ寝て、前足のあいだへそっと、唾だらけの卵を置く。これから賞味しようというのだが、あわれそれは偽卵《ぎらん》だった。いくら殻に歯を立てようとしても徒労だった。ばあさんは跡をつけて来て見ている。犬は味気ない不思議そうな顔で卵をほうり出して、伸びをした。

「あっはっは。」毎日してやられているばあさんが、笑いこけて涙を出している。

犬はゴールドンセッター種で、沢田撫松《ぶしょう》氏の知識によれば英国は何とか地方のゴールドン家の領に産する種類で、容姿優美、性怜悧《れいり》、狩猟に適す、特徴よく人意を解す、というのだそうである。尻っぽの形が西洋建築の柱をつなぐ花飾り《フエスツーン》に似ているというので、略してフェスと先生が命名したのだが、Ｆの発音なんか知らないばあさんだから、エス、ペス、ケスはまだいいけれど、キスちゃんなんて勝手なことを云って呼ぶ。もっとひどい時には、オイや、オイちゃんなどと云う。それでも犬にはちゃんと通じている、重宝なもんだ。

「エスちゃんや、おめえはええ子ちゃんで利口なやつだ。これに懲りて替え玉を齧《かじ》んなよ、いいか。世の中にはな、替え玉にしかけがしてあって辛《から》い味のすんのもあるによ、気いつけなよ。」ばあさんはしゃがみ込んで窃盗のコーチをし、その上、「おめえをだまして悪かったから、ほうら、これやるべ」と、ほんものの卵をやっている。犬は細い眼をしてぺろぺろ舐めて、やがてたべちゃった。

＊

午後、蝸牛庵の勝手へじいさんが来る。もじもじして、「旦那様御勉強でございましょうなあ」と云う。

「ちいっと、そのお訊き申したいことで、はい。けさおっしゃいましたことなんで。」やっと訊きだした要点は、すなわち鶤の伝授だという。好きなことなら大概うるさい仕事中でも取りつぎが叱られることはまず無い。

「おいおい、葱《ねぎ》があるかい？　日本葱だ。」先生は葱を持って、ゆらりゆらりと歩いて行く。

鶫は籠に伏せてあった。七輪に堅炭がおこしてある。葱は一寸ほどに切って、じかに火に置いてある。先生の眼が吊《つ》れた。「一ッ時のことだ、強くなれ。」

鶫は熱い葱を嚥《の》んで頸を掉《ふ》った。とさか、鼻の穴、蹴爪《けづめ》、羽交が順々に調べられた。餌《え》が注意された。先生は蘊蓄《うんちく》を傾けて伝授する。その日から鶫は急造の別の鶏小屋へ隔離され、めんどりは築山の裾のみみずの沃地を忘れて、その辺で餌をあさる。それが情に繋がれたしぐさのように見えて、あわれである。夫は餌箱をつついて、はかなく牝を呼ぶが、鉄網の関がある。恋は遂げられず、日々狂暴に仕立てられて行った。

至鎮さんは鉄網を覗いて、にやにや笑う。「やつめ暴《あ》れてるな、かわいそうだが羨むなよ。おれは別嬪《べっぴん》を貰うんだからな。」

三年越しの恋の勝利者だ、などと吹く。なるほど、見ればほやほやの毛は櫛の目通りによりかたまって索麵《そうめん》をならべ、地肌が光る。大抵てらついている顔へクリームでも塗ったのか、油光りは照りかがやいている。花聟《はなむこ》のよそおいをするのだろう。相変らずのものは眼と口と煙草の歯だ。いつも紺に染っている手を、何か薬で洗って漂白している。その指に、いかなこと認《みとめ》を彫ったでっかい金指環だ。それでのろけられてはたまらない。ふうちゃんが、「好かないよ、なめられみたいな顔して」と云った。鯨や蟒《うわばみ》になめられると、つるんとした顔になっちまう、それをなめられというんだそうだ。

　みんなは半信半疑でいたが、じいさん夫婦は急にその晩招待を受けて、煙《けむ》に巻かれてしまった。夕がたになると二三の人も来て、掃除したことのない二階はやけに明るく点《とも》された。どこから才覚したのか、至鎮さんは紋附を一著して、はや酔っている。比久沢夫婦はあわてて角樽《つのだる》を持って行った。ばあさんは大風《おおふう》に顎で使われて台処でまごまごした。そして深《ふ》けしずまってから、ほんとに花嫁が来た。うわあうわあと奇妙な歌声があたりに響き、それは「高砂や」だそうな。あとはじきお開きになった。

　翌朝、近処中が仰天した。花嫁はほんとに美しい人だったのである。縁は異なもの、どうしてまあこんないい女が、——と云ってるひまに騒動になった。破《や》れ垣にもたれていた嫁さんは突然泣きだし、至鎮さんがそれをかかえるようにして座敷へ連れこむなり、どたばたになった。「そう云えばゆうべも変だった。両方ともに親類というもんが一人も来なかったが」とばあさんが一人でうろうろしていた。何がどうなったのかわからないが、やがて至鎮さんがいつもの通りに土間で御飯を焚きはじめた。それっきり、ひっそりしてしまった。

　一日また一日、美人は一身に視線を集めながら、とにかく落ちつくらしかったからほっとした。病犬も一日また一日と恢復して行き、ばあさんはほっと気ぬけの体《てい》であった。が、隔離の鶤《しゃも》はほっとできなかった。小屋から抱き出されたときは、たちまち闘いだった。広っぱは筵《むしろ》でしきられ、大事そうに鶤をかかえたとっつぁん風の人が二三人来た。蝸牛庵の旦那は懐手《ふところで》をして筵のなかをじっと見ている。闘争というものには一切の感情が入りこむ余地のないほど、ひたに闘われるものであった。凄惨でさえが凄惨と感じられなかった。葱の火を噉《の》み、鼻の穴を切りひろげられた若者は、老巧を初陣《ういじん》に倒して鬨《とき》を揚げた。辛うじて勝ったもの、とうとう力尽きたもの、筵のなかに津浪のような悲哀が押し寄せた。鬨を吹く喉は、血にしわがれてかすれがすれだった。

じいさんは対手《あいて》に気をつかって自分の鶏の悪口を述べたて、ばあさんは負け鶏の傷に塩を吹きかけて、「癒《なお》ってくんろよ」とくりかえす。そっと群を離れて行く嫁さんのうしろ姿があった。

としよりというものはいいものだ。ばあさんは教会へ嫁さんを誘った。娘時代の苦労は知れてるけれど女房のつらさは骨身を削る。御信心はしなくちゃいけない、というわけだ。土手十八丁、葉桜だ。川風が快《こころよ》い。嫁さんは並んで歩きながら、気になる音をたびたび聞いた。たしかに二子山の谷の洞窟から吹きだす劫風《ごつぷう》のようだ。まさか訊くこともできないうちに並木町ホーリネス教会。讃美歌で立ったり祈禱でつぐなんだりする度に、ぷうぷうだ。ばあさんの括約筋はどうかしてしまったらしい。牧師はイスカリオテのユダを語りペテロを語り、甦《よみがえ》りを説いている。ひそかに隣席を窺うと、なにが嬉しいのかばあさんはにこにこして、身じろぐ度に音がする。嫁さんはこらえにこらえた結果噴きだしてしまった。神聖な会場に噴きだし笑いの効果はめざましかったが、度を失った彼女は潸然《さんぜん》と泣いちまったのであった。つゆの頃、彼女は簡単にキリストの愛に救いとられた。ばあさんはそれが非常に得意で、天理さまの道場へ御参詣してそのことを吹聴し、なじみの御《おん》嶽山《たけさん》の行者さまにも話して喜びをわかった。フェスは梅野さんの台処を安心して覗くようになった。

*

どこの田も青くなった。越中富山の笠がしつこい戸別訪問をしはじめる。麦のとりいれ時は至鎮のかきいれ時だ。綺麗なおときさんがどうやら落ちついてから、彼は凄いやきもちやきになったが、その代りあんまりみだらな下司《げす》を云わなくなってよく働き、近処の空《あき》地《ち》を干し場に借りてそこへ通った。陽は午《ひる》だった。至鎮は干し場から豆をつきつぶす棒を持って帰って来、わが家の玄関の摺《す》りガラスにおぼろな人影を見、はっと疑い、立って聴くと何やら媚びてからむ男の声。

女がやや声高に、「しつこくていやあねえ、こんなの置いてっちゃ困ります」と迷惑そう。

「そうまあ邪険にせずと、ねえいいでしょう。」

至鎮の心臓ははねあがって分別を飛ばした。豆つき棒はめった打ちに振りおろされ、朱《あけ》が散った。がらがらと空箱《あきばこ》が崩れかかって、人がくちゃくちゃ、、、、たわいなくそこへ潰れかがんでしまった。

槍のような声で「人殺し！」と絶叫し、ときさんは反対側の台処からはだしで飛びだした。刷毛《はけ》を棄てた田吉の腕にへなっとおときさんがひっかかって、天日が喉を射た。

「あんだ？」じいさんばあさんが鶏小屋から飛びだす。表の方でガラスの割れる音、叫び声。

「みんな出てくれ！」とじいさんはどなった。

至鎮は金ちゃんに右腕を掻《か》い込まれ、近処の人達にとりかこまれて現れたが、田吉とばあさんに介抱されて、田吉のうちの方へよろよろと行く女房のうしろ姿を見ると、何かわめき猛《たけ》った。なめられのあやしさが余すところなく曝《さら》されていた。薄い髪、つるんとした皮膚、ただれた眼と唇。金ちゃんはがっきとして、なめられの至鎮をずるずる引き摺ってじいさんの家へ押しこんだ。「なんでもねえ、ただの喧嘩よ。じいさん、みんなにひきとって貰いねえ。」

見知らぬ男がふうちゃんに連れられて井戸端へ出て来た。ぎくしゃくしている。「なんだねえおまいさん、ところの人間の云うことは聞くもんだよ。みっともない、これっぱかりの血でさ。赤いからってのぼせるんじゃないよ。」

つめたい井戸水がざぶざぶあふれた。銀杏がえしの髪がほつれて、さすがに青ざめてはいたが、競《きお》いの女房の心は四方に活躍している。手は男の介抱をしながら、人々のひそひそ話すおときの卒倒を聴きすまし、口は近処のおばさんに話す。「お医者なんぞはいらないよ。うちの台処にお酒があるからさ、おときさんに一杯やんな。貧血したんだよ、これだもの」と、腹へ弧を画いて見せた。

「このあんちゃんだって、なあに大したことあないよ。頬っぺたを空箱の角で傷したんで大仰に見えるんだけど、心配ないよ、なぐられて裂《き》れた傷じゃないんだもの、鳶口《とびぐち》ぶっこまれたのにくらべりゃ大したことありゃしない。薬は自分で持ってるだろ、ほんとにおまいさん、傷したおかげで軽く済んだんだよ。まるで空箱かぶっちゃってたんでね、なぐられたなお尻くらいだろ。」

でくのように見物していた人々が、ふふふっと笑った。耳から頬へ濡れ手拭をあてがった若者がいまいましそうに、「うるさい！」と云った。

「ああ口が利《き》けたね。おまいさん、さっきはあわあわって云ってたんだよ。まあ薬でも塗って、ゆっくりと詰め開きしなよ。」

まったくのふりの薬売りだった若者の方には、執拗な押売りに罪があり、至鎮の方には嫉妬と暴力のひけめがあった。金ちゃんの扱いが九分通り奏功したときに、誰が知らせたのか交番の旦那がやって来ちまった。そうなると若者は理を云いたて通し、至鎮は我を張りだし、交番さんは顔利きの頭《かしら》に遠慮らしい含みもあり、金ちゃんはあっさり抜けて帰ってしまった。

至鎮も薬屋もおときさんも連れて行かれた。間もなくおときだけが帰って来て、近処へ礼を云ってまわった。警察での様子を訊かれても慎ましく微笑に隠して何も云わなかったから、おときに同情していた人達はすっぽかされたような気がして腹を立て、「大体なまいきにすまし過ぎてるからこんなことにもなる」と非難をした。

至鎮は三四日とめられたが、にやにやして帰って来ると、たちまち例のつるんとした顔つきで、土間にいけた藍甕《あいがめ》のせっちょうをはじめた。金も油も大ぶ搾られたという話だった。搾られてもまた伸びるのが嫉妬らしい。至鎮には田吉がおときさんを介抱したということが、しこりになっているから、井戸端は三人に微妙な毒ガス地帯になってしまった。

蝸牛庵の旦那とじいさんは話している。「どうも若えもんは色々なことになりますんで、はい。」

「そうさなあ、なまじっかな意見をすりゃかえってまずいしなあ。」

ばあさんはもっとも心痛していた。

*

そんな人の世のごたつきをよそにして、木々草々は繁茂生長の夏を喜んでいたし、フェスは蚤の跳梁《ちょうりょう》にもめげず毎朝の訪問を続けて、家々に愛され、鶫ッとりはここしばらく戦闘を中止して悠々逍遥し、西日にいよいよ赤い胸を誇って羽搏いた。その西日の中へふらっと、まっくろけな大男がはいって来た。

「こんちはあ」と云ったなり、きょろきょろして立っている。

あいにく誰も広っぱにいない。男は又、「こんちは」と云って、また「こんちはあ」と云った。だんだん大きな声を出して、そろそろ中へはいって来る。鶤は頸を立て眼を据えて見ていたが、さあっと駈け、ぱっと蹴飛ばした。

「あいててて。」男は逃げだした。鶏《とり》は井戸端の簀《す》の子の上で、大いばりでときをふいている。

ばあさんがあわてて出て来てその場の様子を見、「どうもねえですか、わりいトンでよう」と半分は人にあやまり、半分は鶏に、「おめえ又やったかあ」とたしなめた。

「おっかない鶏だね、おばさん。犬なら狂犬だよ。」初対面の挨拶は鶤に蹴っ飛ばされたかたちで、まっくろけとばあさんは西日のなかに立ったまま用談になった。

「ねえおばさん、たった九人なんだ、頼みます。飯と味噌汁だけでいいんです。ほかのことはみんな自分たちでするし、たった九人だしね、頼まれてくれよ。渡し場のおとっつぁんもおまわりさんも、ここよりいい処はほかにないって教えてくれたんだから、ぼくらことわられると困っちゃうんだ。鶏に蹴飛ばされるくらい何でもないいや。頼みます、ねえ。しかし凄い鶏だね、まだ痛いや。」

ばあさんは鶏の方を見て弱っている。「そんねえに云ったたっておらも困ら、じっつぁまに話してみねえじゃだめだあ。」

じいさんは立ち話なんぞしない。「ま、こっちへお寄んなすって」と自分のうちの濡れ縁に請じる。「へえ、天国大学の？　はあ、ボートーレンスの？　や、書生さんがたで、そりゃそりゃ。九人？　たいしたもんで、はっはっは。たった九人で？　へえ。なんせばあさんももう齢《とし》をとっておりますんで、若いかた九人のお世話はちっとこたえましょうからな。当人のばあさんに訊いてみませんではなあ。」

まっくろけは嬉しそうな顔をした。「おじさんたち中がいいんだな。」

「としより同士はあんた、中よしでなくっちゃやっていけません。」

じいさんは難色のあるばあさんに何か耳うちし、ばあさんは急に乗り気になって談合がついた。

「やられた。」

ボートのクルーは早速翌日ごやごやと賑かに、朝風とともに新鮮にやって来た。田吉は実に自然に、ふたたび親方の家に帰って行くことになった。老夫妻は安堵した。紅絹《もみ》や友禅を詰めた葛籠《つづら》を自転車のお尻につけて、ひとりものはのんきに又さびしく、「投げた枕に咎《とが》はない」と鼻唄をうたっている。

ばあさんが、「日曜にゃけえって来なよ」と云って送りだした。

田吉のいた家に入ったボートの連中は、その日から規則的なトレーニングをはじめた。蝸牛庵の先生は、えいほうという掛け声を聞いて、「どいつが何事をはじめたか」と出て来ると、シャツと半ズボンの学生どもだ。ボート連中の方は来ない前から、ちゃんと露伴先生を知っている。知っていて、すこし尊敬し、すこし恐れ、すこし愉快がって期待しているんだから、筋骨隆々たる肉体美を揃えて一斉におじぎをした。先生も知らん顔はできないから、「やあ」と云う。

「君等どこの学校かね。」

「はあ、天国大学の運動部です。」

「いいからだだね！」

「はあ。」

先生はいろんなことを訊く。何を食ってるか、一日に何時間寝るか、学問の勉強はどんなふうにするか、練習はどんな方法でするか、ボートの構造、風速とコースと潮流と速力と、カッターやカヌーは漕げても筏《いかだ》は流せまいの、おわい船の掃除は知るまいの、とからかう。連中は困っている。

そのうち一人が、「先生、五重塔は」と云いだすや、「あ、君、そんなものへ頸を突っ込んじゃいけないよ。小説なんぞへ引っかかっちゃいけない。水だよ、水はいいねえ。や、邪魔をした。せいぜいえいおうとやりたまえ」とはぐらかして、鶉のところへ行く。連中は見送って、「なるほど食えないおやじだ」と云うのもあるし、「案外いいなあ」と云うのもいるし、「船のことよく知ってやがらあ」と云うのもある。

　ばあさんは日に三度大釜に御飯焚きをして、ほとんど寸暇がない。じいさんは水汲み薪割りを手伝ってやる。ふうちゃんはやって来て、「書生さん負けるかい、勝つかい」と訊く。「あたしは負ける人は嫌い、是非にも勝つ気だと云うんなら、近処のよしみだから九人や十人の洗濯ぐらいしてやったって、亭主に事欠かせるもんじゃない」と意気を見せる。

　鴨はこう大勢来られては蹴っ飛ばすこともできないで、めんどりを率いてもっぱら築山地方を探検している。フェスはかわいがられて時々はそこの縁さきで臥《ね》ていることもある。ばあさんの助けた病犬は全快というわけには行かないから、血気の連中を恐れるのか、しょっちゅう藪の奥へはいって眼ばかり光らせている。おときさんは勿論すぐ連中の眼を惹いた。至鎮は一難去って又一難、田吉は一人だったけれど今は九人の若者を向うにして、注視おさおさと怠りない。

　妊娠初期のやつれは可憐この上もなく、連中は「おときさん美人だなあ」と公開で讃辞を呈し、「ぼく水汲んであげるけど至鎮さんなぐらないだろうなあ」とあてつける。至鎮はおこることもできず、にやにやしながら心配だ。つわりの長引くにつれてヒステリーも亢進《こうしん》し、おりおりの口ぶりには噂の掠奪結婚を認めている様子もあらわになって来ている。至鎮の煩悶は内訌《ないこう》して行った。人工麻の需要はお盆を境にして、ぐっと下降するならわしだったし、印袢纏《しるしばんてん》の註文にはまだちょっと間があった。雨の日などには昼から酒にしているようなことも見られ、酒はあとひき上戸で、きまってそういう時には夕闇に誘われてどっかへいなくなった。人は玉の井だと云い、ばくちだと云ったが、ある朝、彼は一見してじだらくな風体の女を連れて帰って来、一時間ほどののち、その女はかなり嵩高《かさだか》な包みをかかえて行った。

それがきっかけで至鎮夫婦は、すったもんだと泥濘《ぬかるみ》をはね散らして一路むちゃくちゃの淵へ急ぎ進むという様子だった。夕飯の支度にあくせくしているばあさんをつかまえて、おときさんは泣きくどく。医師の玄関番をしていた経験で生齧《なまかじ》りの聞きおぼえを振りまわして、至鎮は堕胎をすすめてきかないから、恐ろしくて夜もおちおち睡れないと訴えているのである。あながち強迫観念ばかりでもないらしい気の毒さに、夕食を待っている鬼のような鶴千代・千松連中もしんみりしてしまう。おときさんはいよいよ血色が悪くなり、青い顔にはむくみが見え、美しい黒髪は今はいたずらにもののけじみた影を濃くしていた。

きゅうりがへぼになった。ついで茄子の種が口に触《さわ》る。秋来ぬと眼にさやまめのふとりは著《しる》く、九月、去年のかげまつりに今年は豊作とあっては、村のとしより衆も若い衆もずんとはずんだ。鎮守様はぴいひゃらどんどんと賑かだ。貴賤貧富の別は御寄進帳の上のこと、屋並同じくかけつらねた〆《し》め縄、祭礼提燈《ぢょうちん》・花飾りに大小はなかった。梅の枝に牡丹の咲いてるその花飾りにも誰一人ふしぎを云うでもなく、人の心はみんなお祭を楽しんでゆったりしていた。どこのうちにも強飯《こわめし》や煮〆ができて、分相応のやったり取ったりをしているなかに、おときさんがこそこそと米をといだ。それは粥の分量しかなかったと云って、ばあさんはあわてて重箱を出しておこわを詰め、じいさんが、「ほらよ」と南天の葉を剪《き》ってやった。珍しく至鎮は、参詣して来いとおときさんに外出をゆるした。もっとも近処の娘と一緒にではあるけれど。

細君が出て行ってしばらくすると、至鎮はがらがらと雨戸を締めはじめ、「おれも一人でさびしくなったから行って来る」と留守を頼んで、これも出かけた。ボートの連中も川へ行った。どおん、どん、かっかっかと太鼓が近くなり遠くなり、空気は平和の飽満《ほうまん》に弛緩している。ばあさんは手枕にころげ、じいさんも所在なさにうつらうつらと、遂に柱からこけて寝《ね》入《い》ってしまった。鶏どもでさえ、片羽《は》交《がい》を伸ばして砂のなかにじっとしていたし、病犬は陽を浴びて檜の根に動かない。意識の覚醒はどこにもなかった。

同じころ、隣の先生も北向きの机に端坐、執筆のすがたのままに、すうっと無我の雲のなかへ引きこまれて行った。たちまちはっと覚めたが、膿のような悪臭が鼻粘膜に残っていた。幾十年筆一本の生活をしてきて、かつて机の前に不覚はなかったものを、――こりゃどうしたことか。先生ははなはだしく不快であった。蓄膿症かな?　なんでも気に入らないことがあると何かのせいにするのが好きな先生である。洟《はな》をかむ。——ふんふん。何ともない。——ふんふん。べつに臭くはない。見まわしても身のまわりに、これといって罪をかずける処がないからしかたがない。きょうはよっぽど頭が悪いにちがいない、と思っている。なんとなく解けぬ思いで手水《ちょうず》に起って廊下を行くと、ふっと青臭い。止《とま》って嗅《か》ぐ。——ふんふん。何も臭くない。——はて？　妙な臭いだが。手を清めて、見るともなく櫺子《れんじ》を見ると、生垣の向うに白い煙がゆるくゆるく淀み澱《おど》んでいる。西にまわった陽は明るく、たしかに煙だ。しかし恐ろしく重い煙だ。どおんどん、かっかっか、わっしょいわっしょい、神輿《みこし》のざわめきが伝って来る。——祭だというのに今ごろ焚き火でもあるまいが、はて？　ゆっくり身を返して二タ足三足行くと、ふうっと又臭い。青臭い。先生はつっと庭下駄へ降《た》りた。

至鎮家の閉てきった二階の雨戸から、落日の凪ぎのなかへ、もくもくと白いものが湧きだして、あたりにあの臭さが沈んでいた。

「へえ？」じいさんは呼び起されたまま、ぼんやりと煙を見ていたが、ばあさんは片鬢の毛が頰に貼りついたまま、起きあがるなりに、「臭え、臭えぞ！」と云った。

「かあじかあ？　あれえ？　かあじかよう。」じいさんは至鎮の勝手口へ飛んで行って、はっと静止した。ちゃりんちゃりん、かっかっか、わっしょいっわっしょいっ。くるっと往来へ走るや、「かしらあ、金ちゃあん、火事だあ、見てくんろよう！」

地下足袋と袢纏を持ったばあさんが、「じっつぁまあ!」とおろおろする。先生はさっさと溷《どぶ》のふちまで退却して立っている。拳《こぶし》にした両手を正しく両側に下げて、多少踏み開いた庭下駄はしっかり地面を踏んでいる。

わらわらさあっと、お祭の若い衆《し》が乗りこんで来た。半裸鉢巻だの、ゆかた麻だすきだのの若者たち。下の雨戸が外された。大蛇のような太い白煙が、もやあっと押し出た。その臭さ。とたんに人気のない筈の二階の方でぱりぱりっと、ガラスとおもえる破壊の音がした。

「待て待て!」外から梯子で二階へ登って行く刺子《さしこ》は金ちゃんか、ちらっと手かぎが動くと雨戸一枚の穴にはただ濛々《もうもう》の煙。刺子は身をしずめて窺い、さっと後ろへ手をあげて合図と見るや、ひらっと身は手摺《てすり》を越して煙へ消えた。あとはただ御神輿《おみこし》の連中が、がりがりばりばりと手あたり次第。じゃんじゃんじゃあん、と金ちゃんところの半鐘が騒ぎ立った人の心へ響きわたった。

青白い煙が四散すると、廂《ひさし》から金ちゃんが頭巾《ずきん》を外して笑顔を出した。「もう済みました、皆さんもう済みましたからお引取りください。」

引取るどころか、安全ときまればこれは見ものだった。狭い往来はぎっしりと、紅おしろいの女の子までまじっていた。

「火事あどうしたんだい、景気よくやれえ。」酔払いが笑わせる。

気がつくと、いつの間にかきりっとした紺股引《こんももひき》があっちこっちで、「御苦労さん」を云いかわし、「出入口に御用心」と若い者が触れ歩き、弥次馬《やじうま》の整理もはじまっている。井戸端では染物に使うへっついへ大釜をかけて、ふうちゃんが総大将で焚きだしがはじまっている。隣の娘と二人でおときさんが半泣きで現れ、戸障子をひっぺがされたわが家をじいっと眺めた。柱だけがいやに眼立っていた。

「お帰《けえ》んなすったか、はあ、えれえこんだっけが。」ばあさんも挨拶に困っている。またたく間に済んでしまったことだから無理もないが、知らずにお神楽《かぐら》を見ていたという。ボートの連中が一列縦隊で、たったったと駈け足で帰って来て見舞を云う。待てど肝腎の主人は帰らなかった。

ばあさんは夢中で鶏を呼んでいる。大切なトンどもは利口なやつだから、裏の竹藪の根に首を刺しこんでもぐっていた。そしてあの病犬は、檜の下から避難して断橋のもと、老松の根を枕にして、誰も知らない間に遠く旅立っていた。四肢を踏みのばして楽寝のすがたであった。さしもの皮膚病がばあさんの介抱で癒って、新しい毛が短くそくそくと生えてきていた。つめたく固い犬を抱いて、ばあさんは乙女子《おとめご》のようにものも云わず泣いた。「苦患《くげん》を終えただからもうはあ泣かんでもいいに」と慰めて、じいさんは土を掘った。塚に秋の日が暮れた。

至鎮は玉の井にいたと云って、酔って遅く帰ってきた。ただれた唇でぺらぺらしゃべられると、誰もまともに受けきれなかった。麻の加工に使う薬品を調合するために大フラスコをアルコールランプにかけて煮ていたが、時間のかかるものゆえ飽きがきて退屈まぎれ、ちょっとお祭の景気を見て来ようと出て、そのまま浮かれて魔窟《まくつ》に痴《し》れ呆《ほお》けていたのだという。

「うそだと思うのならあいつに訊いてごらんなさい」と、申しわけのないような惚気《のろけ》のようなことを云いだすままに、じいさんはむっとして座を避ける。金ちゃんがいやな顔をして、「近処のことだがあっしははっきり小火《ぼや》だと云いますぜ」と云った。彼が外から煙を透《すか》して見たときには襖《ふすま》が燃えあがっていて、猶予できない状況だったという。はいって見ると、押入の中じきり一面、特徴のある紫色の油火が漂ってい、異臭はなはだしかったという話である。火の証拠は柱にも天井にも歴然と残っていた。

この事件で老夫婦は何かとせわしかった。ボートの連中はそれをいたわって、いろいろ馴れない手伝いをしてかえって用をふやした。米をといでやるとて流しへ鶏を呼ばなくてはならないようにこぼしちまったり、火吹竹を焚きつけに燃しちまったりした。至鎮は警察の心証がよくなくて、ずっととめられていた。おときさんがひとり気力なげに、毀《こわ》れた家に眼ばかり大きくしてしょんぼりすわっていた。ボートの連中は薄倖の身重のひとに快活に話しかけ、豆餅や餡パンを贈った。ときには梨やごま柿をやって、ばあさんに叱られたりもするが、また一方至鎮の貰下《もらいさ》げ運動をしようと云いだした。若い人の美しい情は近処を感激させた。

至鎮はとにもかくにも帰宅を許されて帰って来た。その辺一帯は、近づいて来たボートレースに天国大学の必勝を祈った。そんななかへ、おときさんの処へはままおっかさんとやら義理のおばさんとやらいう女が、ときどき来るようになったのはどうしたことか。半幅帯を小意気にひっかけて、ただものではなかった。はた眼にも、それは決しておときさんの足しになる人間とは見えなかった。

＊

田吉はふっつりいたちの道だったが、久しぶりにやって来たところを見ると、めずらしく著流しだった。意気にステッキとしゃれたのかと思えば、足はびっこだった。

「にしゃあ足をどうしたあ。」

「うん、ちょいっとね。」

「怪我でもしたんか。」

「うん、ちょいっとね。」

「あんだ、ちょいっとちょいっとと、ちょいっとあんしたあ。」

「うむ。」負傷は明瞭であった。

「にしゃあ天罰だが、おいらはつきあいの災難だあ」とばあさんは歎息し、じいさんは無言で、いつも使っていない離れ座敷を掃除した。で、泉水・築山を眺め、侘びた茶室のなかで負傷の子は手持ちなさから、頭ばかり油で光らせている。田舎源氏である。

ばあさんは皮膚病の犬でさえ看取《みと》ってやる人だ、まして田吉は子も子も一人子である。だから田吉の処へ御婦人が見舞に来たともなればおどおどする。しかも田吉の行く病院の看護婦さんと聞いてはなおさら、「御厄介様で」と心《しん》から底から頭を下げ、大福餅をお茶受に出す。が、よく見れば少しふとっちょう過ぎて不女で、そのうえ田吉よりどう見ても齢《とし》が上である。ふうちゃんと老夫婦がお茶を飲んでしんみり話している。

「あんな野郎にさ、縁なりゃだ。ありがたいもんだ」とばあさん。

「当人同士の好きが一番いいのさ。あとのいざこざが無いからねえ」とふうちゃん。

「これで、もののきまるってことは、ちょいと何だか気落ちのするもんさね」とじいさん。ばあさんが、ほろっとうつむいた。

日曜は秋晴れだった。きょうはボートレースだ。予選にパスした九人は、意気揚々と出かける。老夫婦は昔風に、かちかちと切り火を祝った。近処の子供たちが白い旗を持ってわやわやしている。

「天国大学勝ってくれよう、勝ってくれ勝ってくれ勝ってくれよう。」村っ子どもは即興詩人である。そこいらの眼につくものを歌にして、でたらめ勝手な調子で野趣を発散する、それがすなわち応援歌なのである。

隣の先生がやって来た。「試合だそうだね。しっかりやりたまえ。」

「先生、応援に来てくれませんか。」

「ふむ、旗振りをやらせようっていうのかね。」

「先生が来てくだされば特別席をこしらえて大きな旗を出します。」

旗振りは困るから、先生は行くとも行かないとも返辞をしないで笑っている。じいさんがとりなすように、「私がお供をいたします」と云った。

対校レースだから堤は人の波だ。学校学校で風が違う。西欧義塾は夫人令嬢が美しく、早熟田《ませだ》大学は女学生の信頼あつく、わが天国大学は色彩なく、いささか貧乏臭かった。レースは見ごたえある接戦であった。子供らは応援団にまじって、スタートから舟とともに土手を走った。三分の一艇身《ていしん》という際《きわ》どい一瞬の火を競って、われらの九人は冠を得た。ゴールインの後も彼等は盲めっぽう力漕《りきそう》していたから、舟は一艘だけはるかに突っ走り、満堤は拍手喝采だった。先生とじいさんは手に白い旗を持って人波から出て来て、ゆらりゆらりと帰って行った。

その夜九人は遅く帰って来たが、じいさんからの、近処方々からの心づくしの祝い酒を喜んで飲んだ。酔は重なり酔は発し、夜なかというのに手拍子乱調子で千何百坪を踊りまわり、遂に溷《どぶ》を一ト跨《また》ぎして先生の寝室の戸を叩いた。

「先生、起きてくださいよう。祝杯を献じます」と尋常なのもあれば、「先生よ、情《なさけ》あらばこの杯を受けたまえ」と活弁《かつべん》式詠歎調もあるし、「起きねえか、くそ親爺《おやじ》」という威嚇《いかく》派《は》もある。寝ても何もいられない。先生は戸を繰った。「やあ、おめでとう。」

連中は大はしゃぎでコップを突きつけ、ビールの泡はあふれた。先生は一気にぐっと空《あ》ける。うわっとばかり胴揚げだ。先生は裸の足二本を宙に突っぱった。「やあ先生半金払いだぞ！」

縁へ戻された先生はくやしがって、「半金払いだなんてしみったれじゃないぞ、ちゃんと全金払いだぞう」と云った。どっという騒ぎ。

絣《かすり》の著物にセルの袴《はかま》、学生の代表が近所へ挨拶に廻って、彼等はちゃんと引きあげて行った。田吉は離れから、もとの家へ帰って落ちつき、ばあさんは休む間もなく婚礼の支度にかかった。びっこの直った田吉は、また鼻唄で刷毛を摑んでいた。新しい世帯道具が調《ととの》えられた。手足のちりっと冷たい晩、嫁さんが腰に黄色いしごきをゆらゆらさせて、めでたく輿入《こしい》れしてきた。至鎮はどういうことになったのか又引かれて行き、調べは長びいていた。ときさんはだんだんとからだも重くなるし、いるにいられず、とうとうだるま茶屋をしているというあの半幅帯に引取られて行った。

＊

田吉の朝寝は妻を得て妻もろともいよいよ悠々たるものになって行き、ばあさんの鶏へ犬へ、木へ草へもつ愛情はますます深くなって行った。木の葉は朝々に黄色く赤く、雨ごとに梢は透いた。廃園は明るく、蔦《つた》・鶏頭が燃えた。からすうり・ざくろが珊瑚をつらねるなかに、柿の大樹があたりを圧して紅玉をちりばめている。惜しやそれは渋柿と人みなが承知であったのに、見ると誰でもが一ト言云わずにはいられないほどの誘惑だった。実に「あか」とは目くるめく、心騒ぐ色であった。悪たれ小僧どもは「あか」の挑戦に一ト《ど》たまりもなかった。垣根の穴はだんだん大きくなり、穴が大きくなると同時に悪たれの土性骨《しょうぼね》も太くなるらしく、臆面なく侵入して柿の木に取りついた。

ばあさんは初め、「赤えしなあ、うまそうに見えるからしようもねえ」と、さんまたや鉤竿《かぎざお》を笑っていたが、そのうち捨てておかれなくなった。見れば赤ん坊をおぶったまま、かなり高い枝にのぼって行くやつがある。

「柿の枝はさあっと裂けるもんだでのぼるでねえ」と誡《いまし》めるばあさんの胸のなかは、墜落して腕や足を折るだろう子等のあわれな姿でいっぱいだった。――渋ッ柿のために！ 毬《いが》で突《つ》つくような幼いものへの愛情が、としよりを苛《さいな》んだ。が、子等はいよいよ図々しくわめいて、ばあさんの制止をもっとも下劣に解釈した。

群猿がこれに和した。

「けちんぼのくそばばあ！」猿のように枝にとまってる金壺眼《かなつぼまなこ》が、小ざかしく嘲弄した。

「いうこと聴くだよ、もうはあ怪我のねえうちに降りるだ。」

人真似猿《ひとまねざる》は始末におえなかった。「もうはあ、もうはあ。」ばあさんの真似を、音頭を取って囃したてる。

通じない愛情の淀みは遂に怒りの滝となって落下した。「きかねえな野郎どもう。」とは云うものの対手《あいて》は木の上にいる。猿どもは意地のようにだんだん細い枝へ移って行く。意地にも我慢にもたまらなくなってどなろうとし、ちょうどそのとき奇計がひらめき浮んだ。「いんまに見とれ、どねえにしてもだめなようにして見せっからな。」

ばあさんはにこにこして引きあげた。ばあさんの顔は、まじめな時もなんとなく笑ってるように見える顔らしいのである。子等は夕餉《ゆうげ》と母親を想いだすまで跋扈跳梁《ばっこちょうりょう》した。それから、ばあさんは営々と工事に著手したのである。柿のまわりには簡単な竹の柵を結び葭《よし》簾《ず》を覆った。夕鴉《ゆうがらす》も雀も影を消し、ひやっこい風が篠竹《しのだけ》をおじぎさせるかわたれ時、ばあさんはぎっぎっぎっと天秤を担いでいた。

夜は風になって、ぐっと冷えた。夜なべの手は冬の備えにせわしい。どっと下《お》ろす風の一トふき静まるあとに、からからと乾いた落葉の群れころがるのが聞える。一夜にして木々はにょっきり裸だった。

　変化は子供の大好物だった。木の実が沢山落ちているだろうと期待する楽しさ、ぞろぞろとやって来た彼等は柿の木の下にバリケードを見た。葭簾には枯草や落葉が吹きつけられている。

「こんなもん何でもねえや、もぐれもぐれ。」葭簾破りはすでに経験十分である。御大将が進み出て、目の粗《あら》く片寄っている処をごそごそやる。天知る地知るばあさん知る、知らずやあわれ！　垣は一面に粉飾してあろうとは！

「あれあれっ？　やあ、くそだくそだあ！」ぐるりにいたものどもはびっくりして、それから、「くそだくそだ」と騒ぎだした。新奇とともに黄金もまた彼等の喜ぶところのものである。

　蝸牛庵の先生は感歎した。「聴かずして楠木《くすのき》の故智《こち》をさぐり、学ばずして孔夫子《こうふうし》の教えを知る、ああ糞土《ふんど》の墻《かき》とはありがたいばあさんだ。実に立派な女だ。」先生は額を叩き、喉まで陽を入れて笑った。

「どうもえらいことで」とじいさんは先生に云って、かたわらの愛妻を笑《え》みかえりみ、その智謀にてれている。

　ばあさんは褒められて機嫌がいい。「あに驚くことあんめえ、渋ッ柿の一ツや二ツで一生のかたわんなっちゃなんねえだ。それ思えばはあ糞のあんころなんぞてえしたことはねえ」と。

百舌鳥《もず》が裸の銀杏のてっぺんで、ちいちいと啼いていた。

鳩

　そこまで来ると、きらっとした。むこう側の塀の上に鉄網《かなあみ》の箱のような物の頭が見えていた。いつそんなものが迫《せ》りあがっていたのか、さっきもそこを通ったのにまるで気がつかなかった。伸びあがって見ても遠のいて眺めても、塀が直線にさえぎっていてそれ以下が見えなかったが、倉《くら》には鳥、それもたぶん鳩と見当がついた。しばらく立っていたが鉄網は夕焼けの空を亀の子形に透かせて、すんとしていたし、塀も塀についた潜《くぐ》りも倉の好奇心をことわるように、すげなく落ちついていた。

　倉は唖で聾だった。倉の不しあわせがどんな程度なのか何が原因なのか、近処の誰もがそんなことはちっとも気にかけず、ただ簡単にかたわとしていた。かたわは一大十字架だけれど、自分にかかりあいが無ければひとは至極あっさりと、決定的にすることができるものだ。倉にとっては同情ある穿鑿《せんさく》より軽蔑をともなった無関心な態度のほうが、かえってのびのびしていられた。普通耳が閉じているからことばがないというけれど、倉には二ツの辛《かろ》うじて云えることばがあった。とすれば、音という音が皆ふさがっているというわけではなかろうとおもえるのだが、聴えるか聴えないかは一緒に生活でもして注意をするならとにかく、往来でちょいちょい行逢《ゆきあ》うというぐらいでは、はたして音がよく通じるのか、もののけはいで察知するのか、まるでわからなかった。アーッチャとアーヨとが云える。アーッチャはああちゃん、かあちゃんだろう。調子がよければなめらかにアーチャンと云う時もあるけれど、アーと一旦断《き》れて、はずんで、チャあるいはチャンと続く。アーヨはやあよ、いやよとも、あいよ、はいよとも取れる。気をつければ気をつけるほど、はっきり聞きとどけにくい発音であるし意味あいであったが、アーチャンのほかに云えることばが一ツもないのだから、それは何にも通じる広大無辺な意味をもっているのかもしれない。それ以外にからだの外へ絞れ出る声といえば、ウウと云うだけ。そのウウにも音階はなくて、一種の低い調子しかない。したがって、うたっているのを聞いたことはなく、泣くのも涙だけが流れ、顎だけがしゃくりあげていた。それにしても、「倉は唖で聾だ」とあっさりけりをつけられていることは、当人にはかえってしあわせだった。かかわり浅く扱われることには自由があったから。

耳と口は縛られていたが、眼と手足は勝手だったから、どこへでも出かけて行き、何にでも触《さわ》ってみ、なんでも見歩くことが倉の楽しい日課といえた。倉はだから何でも知っている、あそこの塀にこんな落書がしてあり、あのうちに猫が何匹い、あの木の枝には油虫がたかってい、このあいだはあのうちへお嫁さんが来たのも知っている。

　お寺は徳川何代様の夫人の墓所だという旧《ふる》いものであったが、どこにも物の不足が見えて荒れていた。山門から両袖にひろがる練塀の厚さ、本堂の棟の高さ、むかしは相応に威容を張ったものだったろう、そのへん一帯にいまだに遺る坊や末寺の数の多さがそれを語っている。準国宝だとかいう経蔵は軸がまったく歪んで、扉はしまったまま軋《きし》みついたのと、明いたなり動かないのとができてしまって、どうしようもないままに雨に濡れたり風に吹かれたりしている。鐘楼も庫裏《くり》も屋根瓦がずり落ちて鈍色《にびいろ》の穴を明けているのは、ちょうどとやについてそそけ立っためんどりが、羽交《はがい》を張ってつぐなんでいるのに似ている。建物の荒涼を縫って広い敷地に、春は盛りあがるばかりに八重一重の花がつづく。山門は扉にも梁《はり》にも一面に花鳥が刻まれ、繊細な部分はとうに欠け落ちていたが、かつては一花一翼にも色彩がほどこされていたと見え、ことに深く彫りこんだ牡丹の蘂《しべ》には、きのう塗ったかと驚くほど鮮かな紅へ、うっすりと金粉がのこっていた。ずばぬけて立派というわけではなかったが、この山門はなかなかいい姿であった。寺格はよし、昔からつづく檀家があって、ときどきは山門から本堂までずっと鯨幕《くじらまく》を張り通す大きな葬式もあったが、そんなとき電車通から銀杏並木の挟む参道の真正面に見るこの門は、やはり立派というのが一番ふさわしかろう。黒と白の礼装がその下をくぐるとき、門はその人たちをまったく敬虔なすがたに見せた。ずしりとしたそんな古い形を保ちつつ、懐には又そんな可憐な花や鳥を抱いている門。彫った鳥ばかりでなく、事実そこを塒《ねぐら》にしている鳩や雀は、棲みついて幾世の子やら孫やらめおとやら、出はいりにくぐる隙間隙間は山形に擦れて刳《えぐ》れている。どこからでも、のべたやたらに落した糞《ふん》が、門にも塀にも石畳にもこびりついていて、そうと知りつつついうっかりしていれば、びしゃっと肩さきへかけられる。雨の日などは頭の上の梁から、むうっと鳥臭さ糞臭さがぶらさがっているような気がする。臭くても荒れていても、お寺は倉のいちばんの気に入りの場処だった。

それほど生きている鳩はたのしく、ひろいお寺は安易であった。鳩羽ねずみというけれど鼠色ばかりではない。茶もあり斑《ぶち》もあり、鳩はいろんな著物《きもの》を著て、いろんなことをして遊んでいた。うーうーという含み声は、倉に聴えるのかどうかわからなかったが、はたから見ると倉は心耳を澄すという無心な表情を湛《たた》えて、頸《くび》の痛くなるまでふり仰いで赤い脚の友だちを眺めている。くたびれると老桜の幹にしゃがんで、餌をあさる円い眼を見つめる。お寺の庭は朝のうちは殆ど人がいない。午後になると子守婆さん・子供・行商人などが、木蔭や石段に倚《よ》っているが、鳩は人を恐れていない。いたずらに小砂利《こじゃり》などほうったって、あわてもしない。先祖代々伝えた眼のたしかさ、羽の速さ、身を護ることには自信をもっているし、又めったに恐れるほどの人間はいないものと見ぬいているから、小面《こづら》憎《にく》いほど悠々としている。おかしなことに、お寺へ来る誰もが大抵はたべものを持っている。あかん坊はビスケット、子供は芋、小僧はパン、行商人は弁当をたべる。鳩は近寄って遊ぶ。倉の間食は、いつも鳩に半分を分けていた。鳩の恐れるのは突然の驚愕で竦《すく》むと、直角に飛びたてないことらしかった。雀はスタートに力があって、すいと身をよける。鳩は羽が重い。枝からならまだしも、地面にいて飛びたつ場合がとりわけまずかった。いきなり自動車の警笛をかけられたりすると、うろたえて舞い立ちはするが立ちきれず、車の下に押えられたり、ラジエーターへ突っかけられたりすることもある。

お寺の前は三本道であった。そこに自転車の修繕所があって、乗用車やトラックも修繕に来る。これも倉の慰めの一ツだった。邪魔にならないようにして、ただ一心に車を、修繕を見ている。それで十分たのしかった。ある日、大ぶりなトラックが来ていて、運転手と修繕屋の親爺が仕事場の土間で話しこんでいるのを見た。とまっている車に安心して鳩は、車輪のまえに一トむれ群れている。倉は牛蒡《ごぼう》のように細長くて沢《つや》のない足を、股いっぱいに持ちあげて高いステップを踏むと、人のいない運転台へ攀《よ》じのぼった。鳩は遊んでいる。たくみに身を伸すとクラクソンのゴム球を摑んで、いきなり力を入れた。狼狽の羽ばたきと砂埃《すなほこり》の一トかたまりは、てんでわらわらに舞い納まって、倉はにっこりして見ている。

「おめえ、その音聴えんのか。」親爺はスパナーを持ったまま、けげんに、少しきまり悪そうな微笑をしている倉を見つめた。「どうしてあれが鳴ること知ってんだ。聴えんのかよ。」

もしや聴えるのじゃないだろうか？　他人の子ながら不具への思いやりが親爺の顔に光

っていたが、倉の眼はそんなものをちらとも見ていなかった。心もち頭をさげ瞑目し、両手を擦りあわせて仏様を拝むように親爺を拝んでいる、一ツ芸の表現法だった。「やっぱり、はっきりしちゃいねえんだねえ。」

運転手と話し話し、親爺はひっこむ。自分が許されたと知ると姿勢を解き、いつものぼうっとしたようすで後ろ手を組み、前かがみに尖《とが》った頤《おとがい》を突き出して行く不具の少年は、子供のままに生き疲れた爺《じじい》のうしろつきを見せていた。

＊

倉が鉄網を見つけた翌日の夕ぐれ、見かけたことのない女の子が一人、おずおずと山門の柱を小楯《こだて》にとって寺内を覗いていた。あがり餌をあさっている鳩どもを見ていた倉は、眼ざとく女の子を見ると同時に、薄眼を閉じて固くなった。自分のからだは倚りかかっている桜の幹になってしまったと思って、じっとそうしていれば、その子が安心するだろうという思いやりだった。女の子は虚弱体質特有の鋭い神経をぴりぴりさせているのを、倉は一見さとっていたからだった。

あたりを見きわめ、格別のことはないとたしかめると、女の子はつんと澄して、持って来た小さい箱から何かを投げた。黄色い粒だった。まわりの鳩が寄った。本堂の屋根にいたのも山門の腕木にいたのも、一時にぱっと下りる。満足の面もちで白いブラウスの両手を突き出すと、箱の底の白さをひっくりかえして唐もろこしをぶちまけ、鳩は一斉にばさばさと羽をあおると、たがいの背なかへ重なり重なり頸を突っこんで、またたく間のことだった。倉は桜の幹《はだ》になったまま、いつか大きく眼をあけて鳩より女の子に気をとられていた。黒い沓下《くつした》を穿いた足が倉の足よりもっと細く、山門を出て行ってしまうと、急にあたりが暮れてさみしくなっていた。倉も門を駈け出ると、さきに立って女の子がおかっぱ頭を正しく、千枚襞《ひだ》のスカートも整然と歩いて行き、板塀の潜りにはいって消え、倉は鉄網のなかを、かならず鳩ときめた。

女の子は午後も少し遅めに電車通から、ランドセルをしょって帰って来る。いつも一人で、いつも白いブラウスと紺のスカートで、きまって広い道の左はしを歩いている。よく似た背《せい》の高い母親と、日曜日には買物籠を持って歩いていた。そのときは楽しそうに母の袂《たもと》を執ってあまえていたが、それが角の板塀の家へ最近かえって来た出戻り親子で、かかりゅうどの身の上だなどとは、倉の不具の程度を人が無関心なのと同様に、倉にはちっとも興味ないことであり、また知らないところだった。けれども、その子がよその子と違ってなにか不幸の影を持っていることは、説明なしに感じとってい、はかなげにかわいく、頼りなげに楽しくて、友だちになりたいとおもった。鉄網のなかも見たかった。そう思うと、おとなのように折を待つことはできなかった。

そっと手をかけると潜りは案外軽く滑《すべ》った。少しずつ明けて顔をさし入れて見ると、思いがけないことに鉄網の小屋は二ツあって、一ツには見たこともないまっ白な鳩が四羽、一ツには鼠のみごとな一トつがいがいた。おもわず身を入れるだけ明けてしまったが、人は誰も出て来ず、倉は塀のなかへはいっていた。無断侵入の遠慮より、見たさがすべてであった。鼠色のほうは翼に濃い線が鮮かな二本を引き、胸毛はむっくり膨らみ、足に環《かん》がはまっている。伝書鳩だ。鳥は倉を迎えてちょっとの間警戒し、すぐに自由になって羽づくろいをはじめる。めすが羽のあいだをせせって毛づくろうと、おすが寄って来て手伝ってやる。手伝われたほうは自分の嘴《はし》を休めて、こころもちよさそうに眼を瞑《つぶ》って身を沈める。おすの嘴は驚くべき正確な技術で、つむった瞼のまわりを丹念に梳《くしけず》る。信頼と優しさのかぎりが二羽の鳥に溢れていて、ちかぢかと倉は見つめている。白いほうはずっと小がたにひきしまったからだで、一ト筋のまじりもない純白である。嘴と脚は薄紅《うすあか》く、眼はまっ赤だ。雌雄ほとんど見わけがつかず、四羽とも止り木に押しならんで、意地のように動かずにいる。何の心遣いも忘れはて、倉はしばらく呆然とい、人に会うことのないうちふと気づいて、外へ出て行きお寺へ行った。

　友だちというものをもたない倉の唯一の慰め手が、きのうと同じようにそこに群れて遊んでいた。何の屈託もない、のろのろしたようすで、倉なんかがどう思おうとかけかまいなく飛んだり歩いたりしているけれど、倉のほうはまるでがっかりとうち沈んで、失望の眼《ま》なざしを送っていた。まだ眼の底に残っている今見て来たものと、なんという違いだろう。貧弱な骨骼《こっかく》、沢《つや》のない羽、それでもそれはかわいらしい恰好といえるものだった。だのになぜそんなにつまらなく思うのだか、あの鳩とこの鳩との違いが何なのだか、倉はわからないなりにもやもやしたつまらなさをかかえて、老桜の幹にもたれている。なんとしても決定的なのは、かわいいなりに品《しな》の落ちていることだった。ふわっとゆったりした心もちのよさはまったくなくて、がさつにせわしなかった。鼠色のと同じようにたがいに羽づくろいしあう、中のいい組がいくつもいる。なんとちゃらちゃらとやっているのだろう。おすがめすにしてやるやりかたのがさつさ、丸い頭の上もこわいような眼の縁《ふち》の生え際も、たしかに嘴はとどいている。愛されてすわっている妻のほうも、鼠色の妻とかわりはない。ただ彼等はちゃらちゃらと満足しあっていた。鉄網の二羽の相寄っていたすがたには、あの広くさみしい大空にあこがれるものたちの清浄さがただよっていた。ごみごみしたものの一ツもない、雲と風ばかりの澄んだ天に、羽交を並べて截《き》るような速さで翔《か》けているときは、どんなにいとしく思いあうことなんだろう。何度も何度ものそういう経験をもったものだけが、はじめてあんなにおっとりと精彩をきわめて愛しあうことができるのだろうか。お寺のこのものたちのこせつきかた、お手軽さ加減、浅いことの醜さが倉をすっかりつまらなくしていた。だんだんと見ざめがして来ると、反対に心は鉄網の鳥にぐんぐんひっぱられながら、それでも倉はそこに小一時間をうずくまっていた。

さっきは誰にも見つからずに楽に出はいりできた。それが誘いになってたまらなくなる

と倉は潜り の前で、明けるでもなく明けないでもなく、うじうじと引手をまさぐっているうち、はっと潜りが走った。正面に台処のガラス戸が明け放されて、なかが一ト眼に見えていた。上《あが》り框《かまち》に剝《む》きかけの馬鈴薯《ばれいしょ》を入れた目笊《めざる》と庖丁が出ている。人は呼ばれでもして今立って行った直後のようにおもわれた。倉はつるっとはいって、そろっと後ろ手に締めた。うまくはいれたとそれだけで、前後深くは煩わずすぐに安心し、鉄網へ忍んで行くうしろ姿は、しかし暗い奥から出て来た家事婦のスエにちゃんと見られていた。

鳩は鼠のつがいも白い四羽も巣箱の外に出ていた。一ト眼見るからに心が満ち足りて行ったがゆっくり落ちつくこともできず、ふりむくと果してスエが閾《しきい》の上に立って、襷《たすき》にくくりあげた太い腕を柱に突っかかって、じろじろと眼を向けていた。見られていたことを察して倉はてれ臭く、にっと笑った。受け口で長い顎が、笑うと余計間延びがする。云いわけを云えない口は、せめて笑うよりほかにないのだが、気がねした微笑はスエには卑屈としか見えない。

「なんしに来た。又なんか悪いことしに来たんだろ。」赤く塗った口尻をひきつらせて、これも微笑している。さげすみの薄ら笑いを受けなくてはならない不具の負う十字架。

倉は、せんからスエが好きでなかった。近処だから道で会うことも度々だったが、決して素直に通り過ぎてはくれない。きゅうと赤い唇のはしを吊りあげて、いやな笑いかたをする。それを見ると絵にある般若《はんにゃ》の牙の口を聯想させられ、しかもその唇を倉のほうへぐいとしゃくって、連れの人などへ何かあきらかに倉のことをしゃべってぱくぱくさせたりすると、ぞっとした。何の用もないのに広い道をわざと斜に寄って来ることもある。スエは倉とほぼ同じ、あるいは少し低いかもしれない背丈だったが、肩も胴も重そうに厚くできていて、近寄って来られるとそこいら中から生暖かい妙な圧迫が襲って来る。逃げるにも逃げられず、かじかんだようになって立ち竦《すく》むと、きまって胸とか横腹とかがくすぐられた。腹だたしい、恥しい屈辱だのに、いつも先《さき》の攻撃があってからでなくては逃げることもできずに自分の手足が金縛りになってしまういらだたしさは、云いようのないいやな気持だった。

「倉ちゃん、なんしに来た。聴えないのか。」下駄を突っかけて出て来る。倉はおもむろに鉄網のごつごつに背を押しつけて、眼を伏せた。

「いやだよ、この子は。なんにもしないのに、ひとりではにかんでさ。」白い二の腕が眼の上に伸びて来ると、倉の絶壁頭は二三度ゆらゆらと揺ぶられた。よろよろとやっと身構えた倉の眼に、例の唇ががっと裂けて無遠慮に笑った。まっ白な歯が犬や猫のように揃っていた。「云わなくてもなんしに来たか知ってるよ。鳩だろ。鳩のあれ見に来たんだろ。いやな子っ。」

耳の聴えない都合のよさ、スエが機嫌がよいと見て、倉はからだの固さを解いてほほえむ。

「ああら、ずうずうしいっちゃないわ。笑ってるよ。なんてませてるんだろ、親は心配だあね。」

スエはお寺の門に倚りかかって無心に鳩に見入っている倉を知っている。鳩は人を恐れはしなかったが、さまたげられないために巣に近い処でよく一ツになるらしかった。ある雨の日たまたま通りかかって、ぽかんと口をあけて仰向いている倉を見、その眼のさきを見、それ以来スエは倉を少年をぬけるときの小ぎたない大人子供としてきめてしまった。

近処に矮鶏《ちゃぼ》を飼っている家があった。倉はこの家へもよくもぐりこんだが、別にこれといってうるさいこともないところから黙認されていた。変なことに、倉の不具は人に安心感をもたせていた。たとえ何を見ても絶対に人に語れない。噂を云いふり撒かれる心配はないのだ。倉は毎日来て、おとなしく突っ立って鶏を見ていたが、そのうち気がつくと屈んで見るようになっている。おかしいと思っているある時、おん鳥が最もおん鳥であり、めん鳥が最もめん鳥であるとき、とたんに寝腹這って、片頬を土につけて見きわめようとしたという話を、そこの奥さんがおかしがって配給所でしゃべったという。横町の一番奥の家には犬がいる。むろん倉の訪問はそこへも頻繁であったが、その奥さんも矮鶏のうちの奥さんに同意を示して、「どうも倉ちゃんはちょっと困りますね」と曖昧に濁したことを云ったという。倉についてのそういう卑しげな噂は女たちをうなずかせあっていた。倉はただ何がなされているのか、はっきり見とどけたかっただけであった。

鳩はそこの老主人が、縁にやぶれて帰った娘と孫の慰めにもなるかと飼ったものだった。スエは長年の経験から、そういう愛情のかかった贈りものがいかに扱いにくいかを知っていた。無事が保身の第一だったし、倉は厄介をひきおこしそうな子だったし、それに夕方だったし、おおまが時にはよくないことが起ると信仰のように思いこんでいた。「日が暮れるから帰んなさい。おっかさんが待ってるよ、ほら。」

気長な手真似の表現などはじれったくてたまらず、聴えないと知りつつスエは、しゃべらないではいられず、しゃべればしゃべったで一言の手応えもないのは気に入らなかった。口数を利けば利くほど、われからむしゃむしゃして来る。せわしい夕方の掃除やら食事のしたくの時間が来ていた。娘時代から今まで人の家を転々して歩き、いまもなお雇われの自由少い境遇にいて、食欲や性欲と同じように時に亢進《こうしん》したり爆発したりするのが支配欲だった。ましてニ十という齢《とし》は、もっとも諸事盛んに、もっとも我の強い年頃といえる。スエは倉を自由に動かしたかったし、云うことを聴かなければ腕ずくでもという自信があった。戸のほうを指し、出て行けと手を振る。倉は小ばかにしたように薄く笑っている。「早く帰りなさいって云うのよっ。」

茶碗と箸を持って御飯を掻きこむ形をして見せておいて、も一度戸を指し、出て行けと手を振る。スエの料簡《りょうけん》では、もうじき御飯だから早く帰れと教えたつもりを、倉はわかったものらしく、がくんがくんと首を振って出て行った。スエは穏かに返って、馬鈴薯の残りを剝いている。と、潜りがはねかえるほど、がらりぴしゃんとして、何か持った倉がいる。見て貰いたいそぶりだ。意外だった。見せたのは煎餅に飴だった。たべるものを持って来いとうけとったらしかった。しかも、あっという間に鳩舎《きゆうしや》の戸は明けられ、菓子はなかへほうり込まれた。

「ばか、何すんのよ、いたずらっ子!」二羽の鳩はいぶかしげに頸をかしげ、急には寄って来なかった。スエは煎餅と飴をひきずり出し、倉の手へ返そうと押しつけ、倉は間がわるそうに押しかえしている。お姫様の抵抗のような恥しげなようすでスエにあらがう、倉の猫背に夕陽《ゆうひ》があたっている。親ならばたまらなく思う筈の不具の弱々しいとしさ。スエは遂に弱いものの小生意気が癪《しやく》に障《さわ》った。煎餅と飴は地面へあわれに散乱した。

「わかったか、おうしんぼ。今度すると承知しないぞ。」毀《こわ》れた煎餅や飴の赤い包み紙を見やっていたが、はっとかがんで毀れ毀れのかけらを拾いあげると胸のところまで持って来、じっと見ている眼が、泣いたかなと確めるひまもなく、ふたたび菓子ははっしとめんこのようにたたき捨てられ、泣くどころかスエをぐいとたじろがずに眺めていた。すすきの葉っぱは細いけれど、さあっと人を切る、そんな眼だった。スエは睨《にら》まれると腕力で倉を摘《つま》み出そうとかかった。倉はいじめられることに敏《さと》かった。逃げだすことに慣れていた。いつも承知でする一ツのポーズ、憎らしい手管、機械的に両手を摺りあわせて拝むのだった。忌々《いまいま》しさをつつんでスエは、不動様に見たてられたように祈願を受けなければならなかった。祈りの形をして見せる不具者を手ごめにはできない。明けれども倉は祈りの効果の薄さを感じ、後びっしゃりに一ト足ずつ潜りへ行った。跨《また》ぎ、外へ出、とっと方角をかえて駈けだすとたんだった。肩が脇腹が、ぐしゃっとぶつかった。あの女の子だ。子供は脆くひっくりかえされ、下著《したぎ》のレース飾りが制服の紺へ、ぎざぎざを白く乱した。小さい手を砂利へ突っぱり、おかっぱには道のごみをくっつけたまま、ランドセルの半身をすぐに起き直ったものの、恥と怒りと苦痛に円い童女の頬が泣いていた。心を置いてきぼりにして倉はうちへ駈けだした。あくたいの限りをつくしてからスエが援《たす》け起しに手を伸べたのは、子供が自分一人で立てたあとだった。

翌日、倉は一日中たのしまなかった。あの横町を通るたびに潜りが明きはしないかと、びくびく期待したり、お寺の土鳩《どばと》を見ているうち、そそられるようにうわうわと鉄網の鳥を想いだしたり、菓子をたべていて、ああもうあそこへは行かれないなと考えたり、鬱々《うつうつ》としていた。そんな一途《いちず》な思いこみようはどうしたものなのか、不思議とも疑わないほど、ごっそりと想いというものを持って行かれていた。鼠色の伝書鳩も雪のような銀鳩も、鳩の条件の殆どを具備した折紙つきの特選だったが、むろん倉は知らない。具足した姿の貴さに、こんなに惹かれているのかもしれず、繊細な技巧をともなう愛情の底光りにとらえられたのかもしれず、倉の頭はしち面倒臭いのは嫌いだったが、あこがれの源《もと》を尋ねれば突きあたりに立っているものは、かたわものの持っている素直さが鳩に向きあっているのだと云えないだろうか。

午後、倉はその横町の電柱に倚りかかっていた。鳩の見たさは格別だった。が、スエのぺとりと冷たい手をおもえば、たまったものじゃない。潜りがいきなり明いて、スエがどっかへお使いに行っちまえばいいと思っても、窺うたびに鉄網の亀甲形《きっこうがた》が打ちぬく空だけが見えていた。近処の小学校が退《ひ》けたと見えて、子供たちががやがや通る。あの子はよその学校へ行っていて、電車へ乗って来るんだからまだ帰るまい。もうあの子とも友だちにはなれないだろう。円い頰へ筋を引いてこぼれた、きのうの涙の珠《たま》。向うがわの活花《いけばな》の先生の家からも、一斉教授組の娘たちが油紙《ゆし》にくるんだ花をさげて帰って行った。つぎには内弟子が玄関と往来の掃除をはじめ、往来は順ぐりに波の模様をつけて浄められて行った。見るともなく見ていて、倉は突然とっとと鳩の家へ行った。スエがいたがたじろがない。鳩舎へは眼もくれない。すばやく右手の物置小屋へ走ると、立てかけてある草箒《くさぼうき》を執って、塀際から正しい波模様をつけはじめた。気を呑まれたかたちのスエなんかには一切かまわず、ちょいと腰を落して背中を丸め、皺がれた姿で隅々あまさず丁寧な掃きようである。どこでそういうしつけを受けたのか、たしかな箒だった。平場は箒の腹をつかい、隅は穂先をつかい、掃き進みながら余計物をかたづけて行く。庭というものにちゃんとした関心を持つ人のやりかたを思わせるものだった。掃き終ると一応見まわし、上《あが》り框《かまち》に脱ぎ捨てたスエの下駄をきちんと揃え直し、ぎくぎくしながら恭《うやうや》しくスエに対《むか》って最敬礼をし、しゃんしゃんしゃんと三歩ひきさがる。ちょうど免状式だった。あまりの突拍子もなさにスエは変にまじめに見てい、倉がそのままにこにこと鉄網へ行くのをぼんやりと見送って、しらけたような顔をしていた。

貧乏に生れついたスエは、子供のときよい通信簿だったが、お大尽の子に免状式を奪われたと思いこんでいた。たしかに成績はスエのほうが上だったのに、人望がないということで級長も総代も六年間六たび人にとられた、あじきない想い出が、はからず倉の免状式みたよなお辞儀の頸を見おろして、さみしい感傷を新しくされてしまった。かつての日、田舎の圧制に苦しめられた経験が、つぎつぎとスエの胸を掠《かす》める。——倉、かわいそうに、かたわで。

白い鳩は四羽とも止り木にいたが、一羽が片羽根を伸ばして伸びをし、ぽいと下に降りたのを合図のようにして、みんながあちこちと動いた。飛んだり降りたり機嫌のよい寐起きのようすで軽く美しかった。一羽が高い止り木へ飛んだ。追うようにもう一羽があがると、頸を立て羽交を押しさげ、喉がくうっと膨れ、うっくるーうーと啼いた。啼くと同時に、ちょうど人のお辞儀と同じように上半身を伏せ頭をさげる。そして一ト足だけ、ほんとに一ト足だけの間隔を慎ましくめすに近づける。それをくりかえす。妻は丸い頭をかしげて、ちょっと夫を見、含み声でうーと返辞をする。礼儀正しく一ト足毎を式体《しきたい》しつつようように妻に並び、嘴の相触れる間近まで行って、夫はくるりと妻に脱けられ、妻は止り木のこちらの端へ飛ぶ。残された夫はつゆいささかも恨みがましくせず、すぐ向きをかえると、また手数のかかったことをくりかえして、うっくるーうーとステップを踏む。むかしのナイトとやらはこんな優雅さで思う人に云い寄ったのではないだろうか。カドリールの踊に似た気どりかたで鳩は恋にうちこんでいる。どれだけ以前からの夫婦なのか、いくたびの語らいなのか、夫妻は日毎に新しい気どりで、新しいはにかみで、ゆったりと時間をかけ、身をつくして恋をしている。夫の与える愛情は、溢れるばかりに満ちていても辛抱づよかった。決して妻に無理を強《し》いない。妻の受ける愛情は、いい加減な中途半端で妥協する不まじめを肯《がえ》んじない清潔さをもつ。夫は妻をいざない、妻は夫に誘われて更に夫を誘い、赤心と技巧が尽されてのち二羽は、一瞬きらきらと輝いて白玉のようにかたまり、たちまち又戻って身づくろいし、かたみに重みを持たせかけあって鎮まる。やがて薄とき色の瞼が押しあがって、夢が眼を隠す。

夢のように覚めると、倉はいたわり深く自分の肩を抱いているスエの手に気がついた。外さずにそっとしゃがんで振り仰ぐと、スエは泣いているように、笑っているように見えた。

それ以来、倉はスエに許されて木戸御免のように大っぴらにやって来た。神妙さが剝《は》げると地金の、不具のあまやかされた勝手が出る。鳥はわがものにしてもてあそびたかったし、甘いと見たスエにはじゃれるように絡みたかった。朝顔の手につかった篠竹《しのだけ》をさがし出すと、鉄網《かなあみ》の目にさし込んで鳥を突ついたり嬲《なぶ》ったり、眼がなければ最中の皮を食わせてみたりする。お使いに行けばくっついて行って、八百屋の店さきでねだりものなどもする。洗濯をすればシャボンの泡へ手を突っこんでふざける。スエはあの日あんなにあわれ深く思ってやったことなど、てんから忘れてうるさがった。しつこさが癇《かん》に障《さわ》った。

下駄をひきずって歩く特徴で倉の足音を聞きわけると、スエはあわてて中から潜りを押えた。外ではがたがたやるが、内ではにやっとして平気で錠をかけてしまう。しばらく立っているらしかったが潜りの明かないことなどにはこだわってはいない、主人のように来客のように表門をあける。スエは玄関へ手をつかえるが誰もいない。いぶかしく勝手へ廻れば、そこに倉が悠々と裏門の錠を外している。スエは威《おど》しばかりとは云いきれない気持でつかまえて小突く。年増の腕には彼女自身も気づかない無加減な手荒さがあって、倉は小突きまわされゆらゆらする。まだしも手向いすればましなものを、されるままな生ぬるさが女をいらいらさせる。潜りを明け、ことばも自然乱暴になる。「出て行け、帰れってば。」

聴えたように倉はいやいやをし、きょろきょろあたりを見まわすと、鳩舎と塀の狭い合間に蜘蛛のように身を横に入れた。虎刈の頭がちょこなんと肩の上にのっかって向うを向いている。「そんな処へはいれば鳩小屋があぶないじゃないか。」

倉はごつんとしている。

「強情っぱりめ。」バンドを握る腕に力がはいって、倉は腰からひきずり出され、黒い半ずぼんはそこいらにひっかかって三角にぺろっと鍵裂《かぎざ》きをした。とてもかなわないのを承知で意地になった倉は、今度は物干の柱にしがみつき、出そう出されまいに朽ちかけている柱はゆさゆさし、寄せかけてあった物干竿が二本、こけて倉の肩をかすって、鳥小屋へがらがらと斜にとまった。倉は耳を押えて、まっ赤になってこらえた。スエははっと手を放したが、たいしたことでもないと知ると、すっとぼけて高調子で笑い、「それ見なさい。天罰だ。」

明けっぱなした潜りを覗きこんで人が通って行った。スエは途端にきゅっと引締った顔をした。「アーッチャ、アーヨアーヨ。」

この上なく不景気にびしょびしょした眼を挙げて、啞が云う。うそだかほんとだか、鸚《おう》鵡《む》の舌は棒状だという。倉のは茶筅《ちゃせん》のような形ではなかろうか。ことばとも云え声とも云えるものながら、その音はいっぱいに生えたのぎとか、しらが大王とかいう毛虫とかを感じさせる無気味さをもつものだった。

「まあ、おっかさんに云《い》つける気なんだよ、憎たらしい。」人が見て通ったことと倉のいやな声に、スエは上ずって荒くあせりはじめていた。倉はそれをまた敏感に反射し、それでなくても習慣からいじめられるという迫害観念に迫られてい、二人とも汗ばんで眼を見あっていた。倉が遂に睨み負け、べそかきづらからぎらぎらするような憤怒を見せて、半袖から突き出た腕にぽつぽつとできている何やらおできの瘡《かさ》ぶたを、めりっと剝がして口に入れ、めりっと剝がして口に入れ、おできからは順々に血膿《ちうみ》が流れだした。凝然とした真昼が、ものの影を短く黒く地に浸みつけてい、女の子が玄関と勝手口の境の植込に、口を結んでいた。

　倉は泣きながら一人で出て行った。が、足音はそこを離れて行かなかった。スエも女の子もじっと聴いている。仔犬のあまえる鼻声がし、倉が抱きあげたらしい。スエはちょっと頸をひっこめて舌を出して見せ、女の子はそれを見ないふりで鳩の前に立って、点検するように鳥を見ていた。不意に、とどろとどろと車の音が砂利を嚙んで渡って来た。鳩の飲み水がぷるぷるする。

「重いものなあに。」不安そうに女の子はスエへ寄り添う。

「とっ、とと、このばかあ！」

　きーんと一ト声、けものの叫び。石の車が止めるに止らぬ速度を加えて、こころもち傾斜のある道を曲って消え、あとに白斑《しろぶち》の仔犬が後肢《あとあし》で泳ぐように二ツ三ツ前へ出ると、立ったなりぱくりぱくりと血を吐いて、もう動かなくなった。

「どうしたのかしら。」死を見たことのない女の子が、さまで騒がぬおももちでそこへしゃがんだ。ゆるやかな紺の襞がふわりと拡がって、清潔な下著につつまれた股《もも》がぎらっと光った。二ツの鳩が一瞬かがやいて合《あわ》さったとも見えて、倉は後脳がしびれ、突っ立っていた。

黒い裾

十六という若さが緊張でぎくしゃくしていた。千代ははじめて人の集まる場処へ母親名代で出て行くのだったし、――それは伯父の葬式なのだが――名代たる以上は名代に相当するおとななみの手伝いをしてのけるつもりだった。だから電車を降りるあたりから気ばかり張って、気が張ったあまり背なかが反《そ》っくりかえるようになってお寺へと歩いていた。

齢《とし》不相応にじみな著物《きもの》に新しい足袋、草履《ぞうり》の鼻緒に黒いきれを巻いたのは、せめてできるだけ身につくものから色を消したい心づかいだったが、そんなことをしてみても喪服のない肩身の狭さは心の底に滓《おり》になっていた。「まだ学生だからちゃんとしていなくてもこれで沢山よ。」いかにも片親育ちのしっかりした娘というように、母親の愚痴を封じて家を出て来たのだったが、出て来てみればやはりちぐはぐななりはもたついていた。

お寺の門へ行って、おやと立ちどまった。よその葬式がまだすっかり済んでいないように見えた。御影《みかげ》の敷石を挟んでものものしく天幕張り、ずっと並んだ白布のテーブル、上著を脱いだ縞ズボンが三人閑散に何やらしている、正面本堂のまえでも人足がこれも三人、あっち向きこっち向き乱雑な生花造花をいじっている。七月末の旱《ひでり》つづきの太陽の下に、寺全体は岑閑《しんかん》と照りつけられて、動きを見せていなかった。式は二時という、今は十一時少し過ぎだ。輿《こし》を迎える用意を手伝うためにたっぷり時間を計算したのだが、朝の間《ま》によその葬儀があろうとは予想しなかった。早く来過ぎた当惑でまごまごし、ふと見ると天幕のなかに「故＊＊＊＊葬儀式次第」とあった。とすれば、これはよそのではない、うちのなのだが、こんなはでなことをするのだろうか。――千代はがっとひとりで赧《あか》くなった。心積りより伯父の葬儀ははるかに段の高い、格のあがったものだと知ると、ひとりぎめの愚かさをみごとにしゃくい投げされたようで恥しかったのだ。

そこへ、もっと恥しかったのは、天幕の三人がそんなところに立往生してひとりで赧くなっているこちらへ、視線をあてていたからだった。千代はとたんにその三人が立っている受附へ、関所を聯想し、つづいてこれは素通りはできないと思い、おもうとほとんど同時に足がぎくぎくとそちらへ動きだしてしまった。すっかりあがっていた。

「今日は皆さまご苦労さまに存じます。私ども母もお手伝いに参るのですが、持病がございまして私代ってお勝手元なんなりとご用いたしとうございます。なお……お恥しゅうございますが紋服の用意がございませんので、不断著《ふだんぎ》をおゆるしくださいますよう。」汗がたらたらしていて、それがはっきりわかっているのに、拭けばだめになりそうだった。そこいら中が強張《こわば》っていた。それほど一しょう懸命なのに、男たちはまじまじとするばかりで返辞をしてくれず、双方困ったことになった。

すうっと綺麗な頭が横から低くお辞儀をして出た。「ご丁寧なご挨拶で恐れ入ります。まだ時間がございますからあちらでお休みくださいますように。私ご案内いたします。」白を重ねて涼しげな黒明石《くろあかし》へ透いた袴《はかま》をごわっとさせて、受附を廻ろうとし、「あ、いけねえ。」云ってしまって、たちまち顔の道具が一斉に崩れててれると、与《くみ》し易《やす》い若さだけになった。「お名前伺うの忘れちゃった。」

こちらも自然に楽になっていた。「私牛込の千代です。」

「牛込って云うと、あの次郎叔父さんの？」

「そうです。」

「なあんだ、そうなのか。」呆れたというふうをした。「そんならなにもあんなに改まった挨拶なんか――」

「ひとりでにかあさんの教えた通りに出ちゃったんですもの。」

「実は僕もゆうべ悔み受けの挨拶を教えてもらったんだけれど、つまりあなたのほうが上手だったんだな。僕は気圧《けお》されてしくじっちゃった。」式台でその人は引返して行き、千代は履物の始末をしながら、あの馴々《なれなれ》しさは誰だろう、名を訊かなかったと思った。

やがて、伯父の婿、長女の嫁いだ酒井さんが乗りつけて来た。広い控室にぽつんと待っていた千代は、特別丁寧な挨拶をするつもりがやはり母の教えた通りにしかならず、考えて来た自分のことばなどは無いにひとしかった。しかし酒井さんは、きちんとした受けことばで受けてくれ、千代は云うだけをすらすら云い終えて気もちが片附いた。酒井さんは地方の豪家の跡取なのだが、いなかは健在な父に任せて自分は東京にしごとと住いをもち、実父より舅《しゅうと》に話の合う親しさをもっているということだった。趣味や見識もよし、実務もばりばりとやるし、人づきあいは誠実だし、まずこの一族きっての婿の第一位、というより血続き縁続きの甥姪《おいめい》連中では誰よりもいちばん目を置かれている人だった。今日の宰領だった。「千代さん、何を手伝ってくれますか。失礼だが、何ならできますか。」そう云われると、ぐっと詰った。手伝えるこれというものは何もなかった。「お茶番ぐらいならできると思います。」「じゃ、そうしていただきましょう。」ほっとして千代は女たちのなかへはいって行った。

親類が早めに集まって来はじめ、お茶番は忙《せわ》しくなったが、折角ついで出したお茶はむだになることが多かった。今来たこの人にと出した茶碗は一応受けてそこへ置かれてしまう。人は次から次への挨拶で一個処におちつかない。お茶は通り歩きに徒《いたず》らなさまたげになり、物が触《さわ》ってひっくり返る、果《はて》は誰の飲みさしやらと思うかして、口のつかないまま埃が浮く。千代はそれを自分のへたさ拙《つたな》さのゆえと思わずにはいられなくて、一々恥を感じた。その恥をどうかしてなくしたいと思い、じいっと座を見ているうちに、間《ま》あいを測ることを知った。間あいよく給仕ができさえすれば、人は茶碗へすぐ口をつけるし、「憚《はばか》りさま、ご苦労さま」と云って空《から》茶碗を返す人も出て来る。それは嬉しかった。酒井さんは時間がたち人が殖えるにつれて忙しい。いつも誰かに話していたり話されていたり、ときには二三人いちどに何か打合せている。用事は四方からこの人に集まり、またここから四方へ伝えられるかたちであり、気の毒なほどひっきりなしだった。さっきの受附の男などは酒井さんを叔父さんと呼び、自分は「劫《こう》、劫」と呼びつけに呼ばれて、ぴりぴりしているようすだった。千代は、この忙しい酒井さんがもしかしたらいちばんお茶がほしい人かもしれないと考えついた。

「うまい。もう一杯。」気あいのように云われ、ふっとそれが働くこつだ、手伝うというのは役に立つ場処を見つけだすことだと合点して、少しずつ気の働きが活潑になった。

　霊柩車が本堂へ著《つ》き、喪主と近親がぞろぞろ控室へはいった。混雑と暑苦しさが溢れ、昂奮のけはいが盛りあがって渦にまわりだした。酒井さんすらその渦に呑まれそうに見え、ましてもの馴れない千代はまったく巻かれて、葬式という場処も悲歎の観念もすべて忘れ、ばかの一ツ覚えにただ湯を絶やすまい、ひたすら人の渇きに茶を供えようとし、いつか自分が軸になってお茶番の女たちを動かしていることは知らなかった。

　本堂へ著席の知らせが来た。お茶番の部署から本来の姪の座に直って、同年輩の従姉妹《いとこ》はとこといっしょに並んだ。未婚の従姉妹たちは云いあわせたように紫の紋附に白い帯を締めていて、おとなたちの黒一トなみと上品に映りあっていた。そのなかで、覚悟していた著物のひけめにも乱されず、足袋の汚《よご》れと汗にまみれた顔が気になるだけで平らかだった。働けたという自覚からゆったりした心であり、あたりのものが素直に眼に映った。格《ごう》天井《てんじょう》の花鳥、白檀《びゃくだん》だという天蓋《てんがい》、暗い内陣、金襴《きんらん》をかけた柩《ひつぎ》、須弥壇《しゅみだん》、御下賜の札もあって数々の盛《も》り供物《くもつ》、高く大きい真榊《まさかき》、それが一対二対三対、……そのほかに沢山の花、会葬者席は溢れていた。漸《ようよ》うに葬《はふ》りのかなしさ、別離の感傷が漂うらしく、読経の男子合唱がその感傷をきりっとひきしめた。啜《すす》り泣きが洩れ、そこいら中が涙に伝染した。おそらくいちばん感じっぽいはずなのに、千代は眼を濡らさずに伏せていた。葬儀というものが今まで知っていたそれとは大分に違うようで、それがどういうわけなのか、解くのが伯父への最後の敬愛のようであった。

式が済んで、千代も劫も一番あとまで手伝った。七八時間ぶっ通しに傷めた神経とからだに夕風が吹きぬけた。「お疲れさまでした。」右と左に別れて、とうとう劫の姓は聞かずじまいに終った。

百ヶ日が明けて秋は深く、酒井桂子《けいこ》から手紙が来た。あの日特別働いたものだけで集まろうというのだった。呼ばれたものは皆酒井さんの一族で、東京在住の誰かれ、劫もいたしお茶番なかまの女の人もいた。そうして見ると、実際の事務に労役して式を運んだのは喪主側の人々ではなくて、外戚の酒井さんにつながる人たちだったのがわかる。改めて紹介があった。劫は思った通り酒井姓、学校を出て勤めをもったばかり、千代と同じくああした手伝いは初めてという。

「あのときは驚かされたなあ。なんて云うんだか、こう、凄いようなすましかたで、しゃあっとした挨拶するんだもの。なにしろみんなぎょっとしちゃって、折角覚えておいたこちらの返辞なんて出るひまもないうちに消し飛んじゃった。」もうその話は勘弁してくれと云いたいのに、話しかたの大袈裟、賑かさ、軽さにつられていっしょに笑うものの、千代は少し悔やしかった。劫はよさない。「あれだけ人が来て、男だって中には平服の人もいたけれど、ああいうことことわった人はいなかった。葬式にモーニングや紋附著《き》るかぎり、僕は一生あのことば忘れないでいようと思いますよ。……紋服の用意がございませんので、——まったく千代さんりっぱだった、感心しちゃった。僕も叔父さんの借著だったから身に沁みた。」

「いやねえ。あれ母の教えてくれたことばなのよ。もしもりっぱだとすれば、当然母がりっぱだと云われなくてはねえ。こんなに褒められたって云えば、きっと面目を施したって大喜びするでしょ。」

　わざとなのか自然なのか、劫はひとりで座の賑かさを製造しているようなものだった。うっかりしていると、ただおもしろい人だぐらいで過ぎるところを、自分のことを話題にされたために千代は聴く気で聞いていた。相当なずけずけしたことがさらさらとした調子に載せられていた。酒がまわって、なおしつこく、あのときの千代の真似を身ぶり声色でひどく滑稽化して演じ、酒井さんに「過ぎるぞ」と云われるとたちまち神妙になるが、でも又すぐ臆面もなくはしゃぎだすところは、酒の酔など自由に調節できると誇っているふうに見える。母と二人きりの食卓に馴れた娘に、茶番のような会話まで添えられたこの会食は、記念すべき楽しさだった。主人夫妻のあいだに座を与えられたのも沢山な皿数も嬉しかったが、いちばん気もちが開けたことは、たった一人まじったよその者である千代をあたかも一座の娘のように暖かく包んだ雰囲気だった。

「つまらないものだけれど記念のしるしをあげようって、酒井が云うのよ。」夫婦の居間へ連れて行かれる廊下の温度は冷えていて、ひどく夜がふけているようだった。掛物のない床に黄いろい菊がざっくりと生けてあった。

「劫がくだらんことを云って気をわるくしないでください。あいつは少し軽っぽくていかん。……こちらのものたちはみんな、あなたの態度がまっ正直で、それに惜しげもなく働いてくれたと云って喜んでいるんです。」そういう真向きな気もちやりかたは、ほんのここしばらくのあいだしか経験できないものだろうが、でもそれが齢《とし》とってふりかえって見るようになると、若いときのよい記念だったという気がして来る。「だからまあこれは、云ってみれば千代さんの十六歳の記念とでも云いますかな。」

贈られたのは切子へ銀の蓋をつけた白粉壺《おしろいつぼ》で、蓋には千代のイニシアルが彫ってあった。桂子の心入れらしかった。どことなく心に尾を曳いていた伯父の葬儀も、これでことごとく終ったという感じだった。

けれども葬儀は終ったのでなくて、実は千代と葬儀とのつながりがこの時からはじまったというほうがあたっていた。父方にも叔父叔母、母方にも叔父叔母、いとこたちは五十人に近く、その結婚先その子供たちを数えれば大人数な一族である、始終どこかに何かが起る。祝儀には行かないでいられても不祝儀には人情が搦《から》む、多少のことは差繰らなくてはならない。年を越えて翌年の春、というのもまだやっと七草過ぎというのに、また父方の叔母がつれあいをなくした。今まではそういう義理やつきあいは母がしていたのを、伯父のときで母親名代の試験済みになっていた千代は、早速《さっそく》通夜にやられた。

「また会いましたね。わりに早かった。」わりに早かったが変に聞えた。酒井夫妻はちょうど新年の訪問に郷里へ帰っていたので、とりあえずの代理だったが、なまじ代理だけに劫は悔みだけで帰ってしまうそっけなさもできかねると見え、お手伝いをと申し出、きさくにまめに何やかや機転を利かせていた。そこへは当然故人の親類一同も集まっていたが、叔母はしっかり者の常で気が強く、非常事態に昂奮しているせいもあろうし、家のなかの力の平衡は一ト眼で叔母方が優勢だった。そんなことはくだらないことのようで、下に働く者たちへははっきり反映し、微妙な影ができていた。夫方のほうにはそれとなくむつかしげな空気があった。

「これは千代さん、よほど下手《したで》に出てあちらを立てないとまずいことになる。」劫は耳うちをした。八時になると又耳うちをして、「いい加減で帰ったほうがいいかもしれない。改まった挨拶なぞするとかえってひっかかるといけないから、なるべくそのへんの若い人に簡単に帰ると云っとけばいいんですよ」と、おとなめかしいことを云う。あれから半年にしかならないのに、ことばつきも考えかたもびっくりするように変って、おちついてきていた。千代は追いつけないほど引放されていた。こちらを庇《かば》ってくれるつもりのようだし、事実云うようにしたほうがよさそうだったが、こんなふうに成長した劫を見ていると、酒井さんの云った「真正面に対《むか》ったやりかた、若いときの記念」が反射的にちくちくして、千代は母に云いつけられた通り十時までいて、叔母に挨拶して帰った。この葬儀ではもう受附を関所と思うようなこともなかったし、平服の挨拶も決して云わなかった。劫は又もっとこちら側の親類間に親しくされ、むろん冗談ではあるが、「この次のとりこみの時にも酒井さんの代理で手伝っていただきますよ」などと云われていた。

そんな冗談がほんとうになって第三の不幸があった。この一族になにかの一時期が来ていたとでもいうような続きかただった。本家の長男なのだが千代には従兄《いとこ》というより叔父と云ったほうが適当なくらいに齢のひらきがあって、親しくない人だった。さほど親しみのない人の葬儀を感情の動揺なしに相次いで二ツ手伝ったことは、事務としての葬儀に女のタッチする範囲を大づかみに認識するのに役立った。主婦や家人の応対ぶり、弔問の人たちへの捌《さば》きよう、台処を手伝う人たち、煮《に》焚《た》きの物の分量、——お茶番を受持ちながら急速に葬式の雑知識が身について行った。どれも大したしごとというほどでもないのに、統一した方法がきまっていないために時間と労力の浪費が目立って、「そこがどうにかできないものかしら」と云えば、劫は、「誰かにそう云ってごらんなさい、女学生式だと云われちまうから。」としよりに相談すると大抵のことは抹殺されるんです」と笑った。

不幸がなければ母親名代と酒井代理は会うことがない。千代は女学校を卒業した。「どうせ今後はいよいよ私がお悔み専門になるにきまっているから、卒業祝いはいらない代りに喪服をこしらえてくださらない？」

「そんなもの、あてなしにこしらえるもんじゃないのよ。聞いたことないわ、卒業祝いの代りにだなんて。」母と娘は少しばかり云い争って娘が勝った。せめて黒でなく紫にと云う母をしりぞけて、一生著る気だからいい生地をいい黒にという強情な註文だった。母は未練らしく、「いいのかい、私は知らないよこんなもの。」

運悪くその新調は酒井さんの弟のためにつくったような結果になった。もともと良医に就くために上京して、郊外生活をしていたような人なのを承知の上で、「そら御覧、いやなことを呼んだようになったじゃないか」と、しきりに縁起を担ぐ。千代は聞かないふりで、すぺっとした黒く光る著物に手を通す。羽二重はさすがに著心地がひきしまっていた。たとえ喪服でも新しいものの嬉しさ。文句を云った母だのに、「何を著るのも若いうちだね。似あうの綺麗のと云うのも変だけれど、なかなかいいよ」と云う。衣擦《きぬず》れがさやさやと云った。

もうとうから自分のモーニングを著ている劫は、「やあ千代さん、紋服ができましたのでって挨拶しないの」とからかって、「黒いといよいよ利口そうに見える。」例の通りのことを云った。

本葬は改めて郷里でするという仮の葬りは寂しいものだった。千代はその寂しさに抵抗するような気で、桂子の指図《さしず》で腕いっぱいに働いた。五六回ほんの短い時間しか会っていない仏さまだのに、不思議なことに今まで手伝ったどの葬儀より心にじわじわ沁みこむ悲しさがあった。病弱だった弟に寄せる酒井さんのあわれが千代にまで及ぼすのだろうか、それとも亡くなった人その人の薄倖が傷ましいのか、葬りのかなしみは娘のわずかな経験にもまことに多種多様なようにおもえた。

一週間の余《よ》も過ぎて、二枚続きの雪景色の絵端書が劫から来た。手紙ははじめてのことだった。「あす式です。こちらは同姓の目上が多いし、習慣がやかましいし、窒息しそうです。それに暫くぶりで見るいなかの女が、のろくさくてじれったくてたまりません。僕の相棒を勤める従妹はその最たるもので天地悠久といった感があります。葬儀を手伝うどころか世話がやけて、これなら一人のほうが余程いいです。あなたを思い出すのははなはます。この御恩は長く忘れることは出来ません。それから、大変不躾な申し分で、まことに甚だ非礼ですが、これが東京なら大いに助けていただいているものをと思って、これを認《したた》めています。今後もまたどこかで御一緒になることでしょうが、そのときはもっとあなたに感謝しながらでなくてはいけないと存じます。」

そう云うそれが葬儀で会うこともないうちに、桂子から劫の結婚を聞いた。あのモーニング著たかなと、ちょっと考えておかしかったが、母は祝いを送ったらしかった。

千代のほうは勤めを持った。勤めを持てば婚期をはずしがちになると心に案じていた母親も、月給がきちんとはいって来る生活に馴れてみると、今更よせと云うわけにも行かず、春が逝《ゆ》けば秋が来、一年の後にはまた一年と続いた。結婚はどんどん後れ、あわれに清々《すがすが》しい処女《おとめ》が残っていた。女も二十五を越すと、内面的な美や個性的な光りはふえるけれど、肩さきや後ろつきの花やかさは薄れる。鏡に映らない部分から老《ふけ》は忍びこむし、衰えは気のつかない隅《すみ》から拡がりはじめる。そんなときに黒はいちばんよく似あう著物なのだ。千代は喪服を著るごとに美しさが冴えた。巧まない自然の憂いが利いて、挨拶にも焼香にも場数をふんだこつが具《そな》わって、あたりにいならぶ女たちから一トきわずば抜けて光る黒羽二重の人だった。ときにはたしかに喪主以上に喪の人に見えた。勤めさきでは黒姫とあだなが通って、事実関係先のとりこみごとへは、きまって千代が手伝いにやらされた。千代はまた行く先々で役に立つ。葬儀という特殊な場合には、少しのことでも人の印象に残りやすく、そんな印象は、のちのち個人的な交際にも拡がるきっかけになった。蔭口がうるさかった。「女はいいなあ、喪服一枚の資本で済むんだもの。一度葬式に行って来れば甘いのが引っかかる、それが結婚ということになれば一生の食扶持《くいぶち》を稼いだわけになる。」

千代はかたよった潔癖で、噂をしのいで頑《かたくな》になりかけそうに見える。桂子はそれを気の毒がって、話のはずみに口をすべらせた。「劫さんが一ト頃あなたを欲しがってね、でも酒井がいやにがんばったのよ。あいつのおっちょこちょいが気に入らない、千代さんにあれでは目方が足りないから不幸な結果になるって云うの。当人同士の直接談判なら妨げはしないが、自分に媒妁を頼まれればことわるって。……劫さん、今とてもいいのよ。会社では課長になるし、片手間に始めたしごとはぐんぐん儲かるし、あたし少し惜しいともっているの。」

そう聞かされても別に甘い気もちは湧かず、それより強く反対した酒井さんの人となりに含む鋭いメスを感じ、そうまで云われた劫へ何か疑問が残った。「しばらく会わないけれど。あのかたに会わないのは、お葬式がないということと同じなんだわ。」

「そうね。でも近いうちに会うかも知れなくてよ、栄子がぐっと悪くてね。」栄子は桂子のいちばん下の妹だが、酒井一族の一人に嫁《とつ》いで、結婚後ずっと弱く、いつ訪ねても、円《まる》窓《まど》のある部屋で寝たり起きたりしていた。

久しぶりで見る劫は、からだも肥っておもてつき万事紳士の尾鰭《おひれ》がつきかけていた。変らないのは例のおしゃべりと愛敬《あいきょう》と、そつのなさだった。

「こんなところで変だけれど、私あなたに沢山お祝いを云うのが溜ってるわ。結婚をなさって、赤ちゃんが二度生れて、課長さんになって、ご自分のおしごとがとんとん拍子で、だからおめでとうの五ツ重ねだわ。」

「いやあ、何でもよく知ってるんだなあ。」こまかく白い歯が笑った。

「ええええ何でも細大洩《も》らさず知ってますとも、悪事善根つきまぜ何でも。」瞬間ほんのちらっとだが、狼狽みたいなものがあった。見定める暇もないほんのちらっとだったが。

——

「ほんとうに?」図々しいくらい劫はじっとこちらを窺っていた。「知らないでしょ、ぼくが憂鬱なの。」

「あなたが憂鬱?」

「うん、この頃どうもいらいらとおちつきがないので憂鬱なんだ。飽きちゃってしようがない。」

「それ、あんまりしあわせだからよ、しあわせ過ぎて飽きるっていうんじゃないの、贅沢だわ。」

「皮肉なこと云うなあ、昔からあなたはそういう癖があった。ぼくのこと、金平糖《こんぺいとう》の才子だなんて云ったこともあるしね。」それは千代にも云った覚えのあることばだった。劫はひとの欠点を摑むことが上手で、それを芥子粒《けしつぶ》くらいに圧縮して、厚い砂糖の衣を著せ、鈍角の角々《かどかど》をつけ、口あたりのいいお菓子にしたてて、みんなに賑かにたべさせてしまうと云ったのだった。「何しろあなたは、紋服の用意が——という人だから、かなわない。」

そら出た、と千代は座を起った。桂子は、このごろ酒井さんはひどく劫に機嫌がわるくて、劫も三度に一度は口返答をして困ると、ひそひそ話した。だが劫は、昔からの小まめなやりかたで葬式雑務に手際よく働いて、成功途上にある人の得意さはよほどきびしく押えているらしかった。

「千代さん、あなた最近におめでたじゃないの?」と訊いた。あきれた才子だと思った。まだ母にすら云っていない、ついきのう、千代は嫁ごうと心にきめたのだった。

千代の結婚ははじめ極上に楽しかったが、結果において失敗だった。堰《せ》きに堰いて遅くなっていた結婚だけに、爆発するような勢いで新婚の幸福が貪《むさぼ》られた。性格の弱い、人のいい、親譲りの少しばかりの貯えを持つ、生活力の薄い男は、二年後、子供が生れるころには所詮優秀な女房とうまく行けなくなった。互に愛想をつかしながらも、愛想をつかしきれず未練が残っているから、文句ばかり云いあった。そして家産は傾き、生活に追われた。そうなると千代の性格が颯爽と起《た》ちあがった。千代ひとりが挽回に憂身《うきみ》を窶《やつ》したし、零落の姿を恥じて親類へも知己へもわざと無沙汰にし、無沙汰というより音信不通の状態で十年が過ぎた。夫婦の不和と失意と貧乏とで、柵を囲ったなかにいるような十年だった。その逼迫の形見に喪服だけが残っていた。古著屋へ持って行っても値にならないそれを、何度、羽織にしたてかえようとしたことか。しかし、羽織にしない喪服は、夫の死で何年ぶりかで千代の肩にかかった。切るにも切られない、暗い夫婦生活はこれで自然に終ったが、それをもっとはっきり黒い幕でくぎるかに考えて著る喪服だった。そうは思うものの、どうしたわけか、かつてないことに千代はぽたぽたと涙を振りこぼしてくずおれていた。いよいよ愚痴な母は、「同じ喪服を著ながら、むかしの姿はまるで無い」と云って、取り乱した娘を歎いていた。

　一年置いて、喪服はまた役立った。夫の死ぬ時、脈をとってくれたある高名な医師の死だった。夫はドイツ語の長い名まえがつく珍しい病気だったために、その先生の手を尽した治療を受けてこの世を去り、千代には先生への忘れられない恩義と感謝が残されていた。先生の葬儀は先生の研究室のある大学で行われた。森のような深い校庭には、木立をめぐり池の縁《へり》をうねり歩廊に続いて、弔問の群衆がならんだ。静寂にして盛んな葬送だった。焼香を済ませて電車通りへ出ると、劫がいた。劫は真新しいモーニングを著て自家用車をしたがえ、「見かけたから待っていた」と云った。一ト言も千代のこれまでの生活に触れて来なかったところを見ると、おそらく知っていると思われた。送ってくれる道のりだけの何分かの間に、「あなたと楽しい席で会ったのはたった一度だけ、桂子叔母さんのお父さんが亡くなって、その後で、酒井のうちで慰労会がありましたね。あの時だけだ。

あのころは、葬式もなんとなくおもしろい他人事《ひとごと》だなんて思っていたっけ」と云っていた。

老衰した母と、気力の減った自分と、女の子一人との細々とした生活のなかに、戦争は敗色が濃く、生きる甲斐はせばまり、毎日ははかなかった。間もなく空襲がやって来て方々が焼けただれた。なまじ焼け残った者はいつ焼けるかとひやひやしながら、焼けるまでは余計に業《ごう》つくばりが捨てられず、いやな気もちだった。サイレンが鳴っていて、朝はまだ明けたばかりだった。そんなさ中に、訪《と》う声が劫のものだった。酒井さんがやられたから、今すぐいっしょに行ってくれと云う。酒井さんはしごとの都合で隣県へ一応疎開をしていたが、あぶなそうなので、きょう郷里へ引きあげるつもりのゆうべ、焼夷弾にやられ、その知らせの使いがいま来たということだった。否応《いやおう》なくうながされて出て気がつくと軍の自動車で、劫も軍属とかの黄いろい服に戦闘帽だった。そのいでたちで運転席へのしかかって、ふっとばせふっとばせと叱っているのは、みじめなように見えた。

海岸のその町は余燼があがっていて、酒井さんは町外れの、もと製材所に収容され、蒲団も何もない板敷の上に軍隊毛布を敷いて横にされ、桂子が手を握っていた。千代たちは間にあったのだが、最期の吐く息を見届けたというだけの間にあいかただった。ただ酸鼻というよりほかない光景だった。奇蹟的にまぬかれた顔は、高い鼻を刻んで、ものに動じたことのない太い眉が、じりりと焦げていた。

劫は憑かれたようにせっせと働いて、どこをどうしたのか、とにかく、この非常な際に最小限にしろ必要なこと皆を間にあわせた。通夜も何もありはしない。仏さまへ供えるものも自分たちの食べ料から割《さ》く始末だった。松の多いところなので、花の代りにせめて松ばかりを供え、それだけしか心遣《こころや》りをすることができなかった。この土地は土葬の習慣なので、焼場は遠い松山のなかに僅か窯《かま》一ツというのしかない。

トラックに仏さまも桂子も皆いっしょくたに乗って行った。蓬髪《ほうはつ》の女が出て来て、「男は棺を担いで窯へ入れてくれ」と云った。二三来た酒井家の男たちにまじって、千代は男なみの力で柩《ひつぎ》の角のところを担いで、痛いのが快い。蓬髪の女のほかにここに住む人はなくて、桂子も誰もその女の住いの縁に気味悪く腰かけて待った。松が鳴り、陽が落ちかかって、なお待ってから、「あがったよ」と云われた。

がらがらと窯から鉄板をひきだして、トロッコ様のものに載せると、闇のなかを広場へ手荒く引きだして行く。残火とは云えない大きな焔が、新しい風に力を得てめらめら燃えあがり、それは鬼婆《おにばば》の引く火の車の地獄絵さながらだった。劫が何か云った。婆は赤い顔を振り向けて、「ばか云うな、おまえがたに親切だからするだ。火がなくちゃ女衆に道がわかるめ、おらは馴れてるからいいがな」とどなった。

ほんの形ばかりに骨一ツ拾わせて、失神しそうな桂子を介抱して人が減ると、あと劫とも一人と千代の三人になった。太い針金のような箸はすぐ熱くなって、骨はなかなか早く拾いきれなかった。木の根へ掛けて見ていた婆は、突然、ふふふと含み笑いをした。

「こっちの旦那とこっちの奥さんと、夫婦じゃねえね、臭いね。」

ぶるっとして、持っている火箸を置いてしまった千代を横眼にして、劫は明滅する火に赤鬼になったような顔で、泰然と骨拾いをやめなかった。

壺に納めてしまった後の残り火を掃き寄せ、婆はざぶっと水をかけた。音がして白い煙があがった。そのなかで劫はずかずかと近寄ると、「欲しいだけやる。婆さん定《き》めのほかにいくら欲しい？」千代は奥歯を噛んで、うしろの暗がりに梢《こずえ》高く鳴る松風を聴こうとしてつとめたが、眼がどうしても劫の背なかから放せなかった。

この海岸から帰って、千代はしばらく床に就いてしまった。どこも何ともないのに安眠と食欲がなかった。思うまいとしてもあの焼場がちらつき、あの臭いが鼻に来た。桂子からは夫の郷里へ帰った由、端書があった。そして年が明け、やがてあの広島が滅亡して、終戦だった。その終戦の日、焼け残った家で千代は喪主になっていた。母を送ったのだ。劫が来てくれそうな気もしたが、あり得ることではなかった。誰にも知らせない、近処だけの葬りだったからである。夏の喪服もあるものを、黒木綿のもんぺで、称名を唱え、ともしい線香をあげ、国の喪と母の喪とに服して、これで沢山だとおもっていた。

酒井さんの三年が過ぎて、桂子が上京した。

「劫さんのこと、聞いた？　たいへんなことになっちまってね、行方不明なの。」晩年、酒井さんが劫を疎《うと》んじていた理由はおそらくこれだったと思われる事柄が、戦後になってその筋の手で続々と明らかになってしまった。劫の罪名はいくつも挙げられていて、「聞けば聞くほど、大それたことを企らんでいたのよ、そうでしょう、あんな豪勢な暮しをしていたんですもの。」

大詰に来たけはいを覚《さと》ると、逮捕を恐れて、劫はあちこちに隠れまわった挙句、郷里のすぐ近くのある海岸の崖鼻《がけはな》まで来て、そこから消えているのだった。運転のできる劫が、どこからその車を手に入れて、どういうつもりでそこまで乗って来たのか。乗っていたのが劫であることは確かなのだが、町の人が発見したときは崖へ墜落せんばかりに前車輪を突っこんで、急ブレーキの痕《あと》は歴然としているのに、危く命拾いをしたはずの人間はどこへ行ったのか。千代は、きいっと鳴って後部をバウンドさせて停る車の触感を背なかで食いとめる感じで話を聴いていた。おそらく前の海へ投身自殺だろうとして、警察はもちろん酒井家でも費用をかけて調べたが、姿はないままに今日まで行方不明だと云う。車をとめてから劫はどんな行動を取ったろう、その罪状よりそれは明らかであると思う。怖《こわ》さとかなしさが波になって、千代へ巻きかえす思いだった。「だからお葬式もしないままなのよ。」

最後の長上である叔父が亡くなって、きょうその葬儀だった。定刻の四十分まえに千代は身じまいに起《た》つ。顔を洗って髪を撫でつけて著がえをして十分、途中をゆっくりに見て二十分、あちらに著いての余裕が十分の四十分は、いつもの見積りより余程たっぷりめだった。もう鏡を覗きこむというおしゃれのほどは、いつか知らない間《ま》に脱けていたから、顔も髪もこうという是非にの執念はない。そうなると鏡も浅々《あさあさ》と薄い影を映しだすし、その影を見る千代も浅々としたこだわりなさで身じまいをする。鏡台のまえに座蒲団はあっても、すわらずに突き膝で済ますような習慣になっていた。

白い襦袢を重ねた黒へ手を通す、腰紐できめる、襟《えり》もとを掻きあわせて伊達巻《だてまき》、帯を巻いて小さめに結んで、黒い打紐一本で形に締めて、葬式の姿はできあがる。鏡を見るよりからだの各部分の感覚が知っている著心地に頼れば、それできちんとできあがるくらい手馴れ著馴れている和服である。それでもほんの念のためにと膝を突いて、胸のあたりを見、くるりと後ろ向きを映して背筋の歪みを見、これでよしと起つつもりで片膝を立てると、裾がすっと吊れて、新しい足袋のかきりとした白へ何か曖昧な色がからんだ。

裾は全部透切《すきぎ》れして、ところどころは裾芯《すそしん》の真綿が鼠色によごれて、たるんだ吊橋になっていた。ばあやはこごとの降って来るのを覚悟しつつ、いくらかでも風当りを防ぎたいというように口早に弁解する。「さっきお揃えしたときにはじめて気がつきまして、……このところずっと咲さんがやっているもので、私ちっとも存じませんでした。直している時間もございませんし、どうしようかと――」

ばあやの云うことに嘘はないだろうが、この出さきにこれではどうしてみようもない。

「何分ある?」

「へ?」

「時間よ。何分ある?」

「はあ。お茶の間見てまいりましょうか。」打つとも響かぬばあやのじれったさ。しかし予定はしたくに十分しかとってないのだから訊かずとものことである。

「もういいわ。それより鋏、鋏貸して頂戴。三分でやれるわね?」

「へ? どうなさるんで。」

「鋏よ、早くして。」

「そこに、——お鏡台の抽出《ひきだし》に。」

「いやよ。これ爪切りじゃないの。羅紗《らしゃ》鋏——裁物《たちもの》鋏を頂戴。」

「は? お切りになるんで?」

「いいから針箱ごと持って来て頂戴。」云う間《ま》に打紐を解き、帯を解き、千代は白い襦袢だけになって、眼がきらりとしている。

ぱっと蝙蝠《こうもり》が飛んだように著物が両袖を浮かせて畳へ這った。十分に大きく鋏の口を拡げておいて黒い裾へ嚙ませた。「ま、奥さま、そんな乱暴なこと。」

抵抗のある音がじょきりとした。「でもしようがないでしょ、これよりほか。いやあねえ、そんな声出して。」布の重なった脇縫《わきぬい》のところへ行くと、鋏も渋り布も渋り裁断音も渋ったが、かまわず親指に力がはいった。「ぽかんとしていないで、黒い糸通しておいて頂戴。時間がないんだから。」

裁ち落された裾は真綿をはみ出させて、死んでいる長虫のようにうねった。あたふたしているばあやからもどかしがって糸と針を奪ったが、自分も眼鏡なしには不可能なめど通しだ。腹を立てている顔色ではないのにそんな眼鏡のひったくりかたをし、縫うでもないくけるでもない、ただ裏表を綴じつけるだけの粗い針目を押っ飛ばすと、年代のついた古羽二重は、ぶっつ、ぶっつと音を立てて拒んだ。まったくただくっついているというだけのところへ、アイロンの熱いのでぴたんとこてつける。

「何分たった？」何分でも、かかった時間にこだわったって益もないことだ。ほんとに三分ぐらいだったろう。肩へひっかけて、下前上前と合せれば、足袋を通してまださめないぬくもりが透《とお》って来る。「少し後れたから自動車云って頂戴な。」

電話を済ませたばあやは足のあいだへ腰を落してぺしゃんとすわった。

「あら、どうかした？」眼のなかが盛りあがっているようだった。「――どうしたの？」

膝を突いて覗きこむと、ばあやは明らかに涙を払った。「いえ、ひょいとこう胸に来たっていうんでしょうか。」

「何がよ。」

「……お出かけさきですから又のちにでも。」

すわったなりで帯を締めながら、「なんだか知らないけれど、帰って来るまで延ばしておけば、その間じゅう気にかかるじゃないの。なんか気にかかること、私、したかしら。」

「なんでもございませんが、ただ、奥さま、喪服一ッ新しいのお作りなさいまし。」

「そんなことでどうして？」

「へえ。今、じょきりじょきりとなさったの見てましたら、なんとも云えない気もちがしましたんで。形にできてるものをそのまんまで、……私にはとても考えつきません。」腸《はらわた》を出した黒い蛇を手繰《なぐ》ってばあやはいじくる。「あてなしに喪服を作るなんて縁起でもありませんが、……その縁起は私が頂いて行くことになるんだろうと、そんな気あたりがしたもんで、なんだか涙がこぼれました。……奥さま、ご厄介をお願いします。」

　ばあやの気あたりは当るかもしれない、齢《とし》だし、白い襦袢すがたの五十女が大鋏をふるって黒い喪の著物の裾を裁つ、……としたらとしよりの神経は堪えられなかったろう。葬送へ間にあおうとして、生きてる人へ葬儀のまぼろしを見せてしまった。ひとり住みの女のどぎつさはこんなところに出ている。「そうね、新しいの作ってもいいわ。でも、まだまだ当分、あんたのお葬式も私のお葬式も延期にしとこうって約束しない？」

　ハンドバッグをさらうように取ると車へはいった。ばあやのさげた頭が見えた。広くとった車窓はふんだんな日光を受け入れている。――ほんとに女の喪服は何だ彼だとうるさい、男のモーニングは喜びごとにも新調することができるが。そう、劫さんも……さしずめきょうは顔をあわせるところなんだが、……もののいいモーニングだったが、あれどうなったろう。……ああこの喪服よく見ると随分いたんでいる。いっそ新しいの作ろうかしら、……でも、その新しいのはどこへ著るのだろう。血縁の目上はきょうの叔父を送ればそれが最後だし、あんなに沢山いた従姉妹《いとこ》はとこ、今もいるにはいるけれど段がついてみな若い人ばかり。……他人は？　他人は大勢いる、しかし……。こう数えてくると、もう私には送る人がいなくなった。ほとんど見送りきったということになる。あと何年なんだかこの喪服、きょうは間にあわせに乱暴なことをしてあるが、これをも少し丁寧に直していたわりいたわり著れば、案外私が死んでもあとへのこるんじゃないかしら。喪服一代は女一代に頃あいなのかな。

「いや、そりゃ新調すべきですよ、大事なのがまだ一ツのこってるもの。自分の葬式にはぱりっとした新しいのを著ていらっしゃい。」劫さんならそんな冗談を云いかねない。私の葬式なんか来てくれる人もないだろうけれど、……ひょっとしたらひょっこり来やしないだろうか、あの人劫さん。どんなようすで来るだろう、いつものおちゃらけているだろうか、まじめなら嬉しいけど。その時こそ、私はあの人にまちがいのない点をつけることができる。かんばしくないことばかり云われてるけど、それは皆あの人とほかの人との間のこと。ほかへどれほど悪くても私は別にいやな思いをさせられた覚えはない。友だちだ、葬式の時だけの友だち。

　車は住宅地へはいって、都内でも初夏は初夏の風物が気もちよい。葬式友だちをよい友だちにしておきたい気もちがさらさらと流れている。どこかの不幸のときにだけ顔をあわせて、その前後二三日を息の合った「相棒」で葬式事務に働く男と女、済めばさよならと云って没交渉になる友だちだった。私だけになってしまった。十六の若さから今五十何歳、こうして走る車のなかで思いだしているが、……葬式の時だけ男と女が出会う、これも日本の女の一時代を語るものと云うのだろうか。

「間にあいました奥さま。まだ二分ございます。」

「どうもありがと。待ってないで帰ってください。」手早くいくらかを懐紙に包んで、「これ煙草一ツ。」――間にあうことなんか、どこにもなんにもなくなっているような気がした。

　明けっぱなしの裏木戸からはいると、出会いがしらにそこの従姉《いとこ》の息子が弔問者控帳を手にして立っていた。

「間にあった？」

「え？」

「あらいやだこの人ぼんやりして、……もう時間でしょ？」

「なんだ時間か。」カフスが紺の袖口に清潔だった。「さすが叔母さん、ジャストだ。……

僕ここんところ、間にあわせよう間にあわせようと、なんでも間にあわせばかりやってたんで、いま叔母さんにいきなり間にあったかって云われたら、はっとしちゃった。なにか間にあわせとくこと云いつかっていたかなっていう、へんな錯覚起しちゃった。」

息子は両手を腰にあてがうと、上半身を反《そ》らせて一ツ深い息をした。「僕はじめて葬儀の手伝いをしたんだけど、葬儀ってね、間にあわせることだらけでしょ。いや、なんでも間にあわせちゃうんだ。いや、そう云っても違うな。間にあわないことだらけなんだ。そうだ、間にあわないことだらけ。そんなもんじゃない？　叔母さん。」

ああこの子はなんて若いんだろう、と口に出かかった。立ち話のところは台処のまえなので、水の音と瀬戸物の音を背にしていながら、息子のまわりには世帯くさくない、のびのびとした若さが背光のように燃えていた。

広い庭のずっと奥まで重なった青葉から、きらきらと薫風がわたって来た。千代の俄《にわ》かづくろいの黒い裾へ爽かさが通って行った。葬式の、——人が死んだということの、——おちつきがここの屋の根におとずれはじめているなと感じた。

ういういしい幸田ファン

解説
出久根達郎

今になると笑い話だが、私が幸田文作品にのめりこんでいた二十代の時分は、まことにういういしい読者であって、幸田文は小説家と目《もく》されているけれど、実は小説といえるのは『流れる』の一編だけであり、あとは全部、厳密に分類すれば随筆にすぎない、と思っていた。

要するに、身辺をつづった文章であって、強いて小説というなら、私小説のカテゴリーに入る。生意気にもそんな色分けをして得意がっていた。

父君・露伴の臨終記から、父の思い出、幸田家の家風や気風などをつづった一連の文章を読み、すっかり幸田一家に精通したものだから、すべてが事実であって、作り事など一つもない、と確信するに至ったのである。

笑うべき錯誤であった。「私」という一人称で書かれているから、作者が実際に見聞したことに違いない。そう信じ込む小説の初心者と、何ら変りがない。ういういしい読者、と最初に断ったゆえんである。

そんな私が、『黒い裾』を読んだ。巻頭の「勲章」は、エッセイのつもりで読んだのである。

ところが次の「姦声」を読み進むにつれ、私は心底、驚いた。何しろ幸田文作品は、事実そのままを描いている、と信じて疑わない。

こんなことを世間に発表してよいのだろうか。

若い幸田ファンは、本気で心配したのである。

私は『黒い裾』が、あまり読まれないことを祈った。幸田文という作家のイメージが、損われることを恐れたのだった。

何という馬鹿馬鹿しさ。今となれば、純心であった読者の自分が、なつかしく、いとおしい。

私は幸田文という作家が、自作で造型した「幸田文」という女性に、すっかり惑わされ、魅了されていたのである。

吉川英治の『宮本武蔵』を、史実に準拠して描いていると思い込む読者が、武蔵を慕う娘の「お通」を、実在の人物と信じる。それと何ら変りはない。

幸田文の描く「幸田文」は、良家のお嬢さんではあるが、お茶ひとつ淹《い》れられないような、飾り物のお嬢さんではない。とんでもない。何だってできる。料理だって、洗濯だって、掃除だって、家事一切はむろんのこと、事務や、人との応対、かけひき等、世渡りに必要なことは、全部こなす。それも、通り一遍ではない。人よりも上手に、そつなく、隅々にまで行き届くように、心を込めて為尽《しつく》す。どんな些細な事柄でも、おろそかに手を抜くことはしないのである。

愚痴はこぼさない。音《ね》を上げない。口をきく前に、身体が動いている。失敗しても、すぐには引き下がらぬ。もう一度、挑んでみる。同じへまは、犯さない。どこが誤っていたか、徹底して検証する。

毅然として、隙が無い。武家の娘とは、このような女性を言うのだろう。

それが、「幸田文」であった。その「幸田文」が、婚家先（酒問屋である）のトラック運転手に、狼藉をふるわれた。さいわいにも未遂だったが、世間に秘すべき事件であろう。しかし、作者は「幸田文」の体験として、公表した。

大胆きわまることと私は仰天したわけだが、「姦声」が、いや、『黒い裾』に収録された八編すべてが、「幸田文」を主人公の創作とわからなかったからである。

幼稚な読者には違いない。しかし、と弁解するつもりは、さらさら無いけれど、ここに、幸田文学の一つの特徴がひそんでいるように思う。自分をダシにして、巧みな虚構の世界を築く。エッセイ風小説、とでも称したら適切だろうか。描写が小説のそれでなく、エッセイの筆致なのである。

大体、幸田作品の書き出しが、エッセイ風の文章である。身近な事柄の説明から、始まる。いつの間にか、仮構の世界に、読者は誘いこまれている。

そして、結びの文章は、これは完全に小説のそれである。

エッセイのようでいて、実は小説、という作品の文章は、白昼、人ごみの中に亡き知人を見つけたように、ぞっとするものがある。思わせぶりに描いていないから、怖く感じるのである。「姦声」でいえば、恐ろしいのは、トラック運転手ではない。

突っ立ったまま、「よせよ、おい、よせよ」と言うだけの無力な夫である。

いや、ぼんやりと騒ぎを見ていた十五歳の小女である。

『黒い裾』の作品でいうなら、「段」だろう。「段」の怖さは、格別である。

私は、あえて、言う。これは極上の、ミステリーである。ミステリーの、傑作である。

どこがミステリーか、若い読者には説明が必要だろう。

戦争が終って、しばらくは食糧事情が極度に悪かった（もっとも食糧不足は戦争中からである）。出征した人たちが帰還し、いっきょに人口増となり、少ない食糧の奪い合いとなった。配給の食糧だけでは、生きていけない。

ここに、闇商人が発生し、闇市というものができる。そこではお金さえ出せば、何でも入手できる。いわゆる闇相場での取引である。経済統制下では、違法であった。

闇の物資を拒否して、「悪法も法である」と餓死した判事がいた。そういう判事が有名になるくらい、つまり、日本中が生きるためにやむなく闇に手を染めていたのである。

タケノコ生活といって、筍の皮を剝くように、誰もが衣類や身のまわりの品を食べ物に換えて、その日その日を必死に凌いでいた。

「段」は、そういう時代を描いている。闇市場の様子が、そして取引の実際が、生き生きと描かれている。小説の場面に、ブラック・マーケットが登場するのは、珍しいことではない。坂口安吾や太宰治、石川淳などの作品で、おなじみである。しかし、そこでのやりとりは大抵が酒であって、料理の素材を求める主婦の姿は稀れである。「段」は、主婦の目による闇市の実態で、これは貴重である。

闇屋との駆引きは、まことにスリリングで、生海老《いけえび》の問答は作者の実体験とみて間違いないだろう。

男性作家の描く闇市の主要品は酒だ、と書いた。酒と煙草は、闇の花形であった。むろん、花形はまっとうな製品をさす。

たとえば酒は、粗悪なものが大手を振って出回っていた。「カストリ」という。米や芋を速成発酵させた焼酎である。強烈な臭みがあり、鼻をつまないと飲めなかった。味わうのでなく、酔っ払うために飲んだのである。

この頃、ひどい紙質の軟派雑誌が、次々に発刊されていた。人はこれらを「カストリ雑

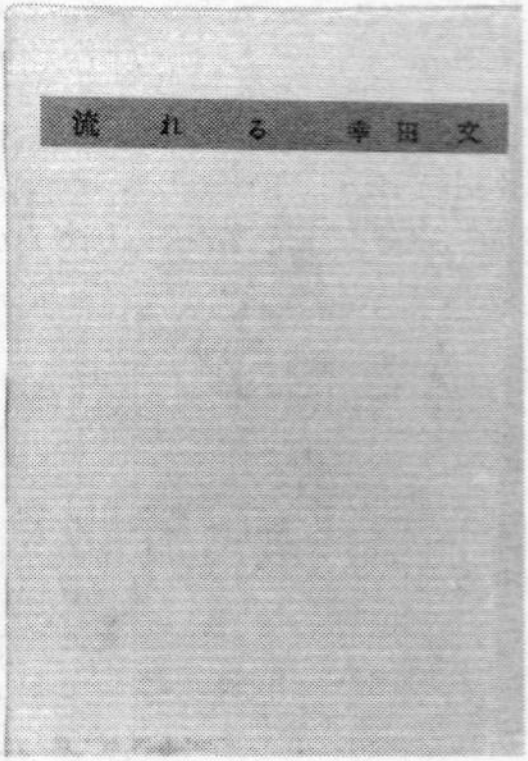

『流れる』函
（昭31・2 新潮社）

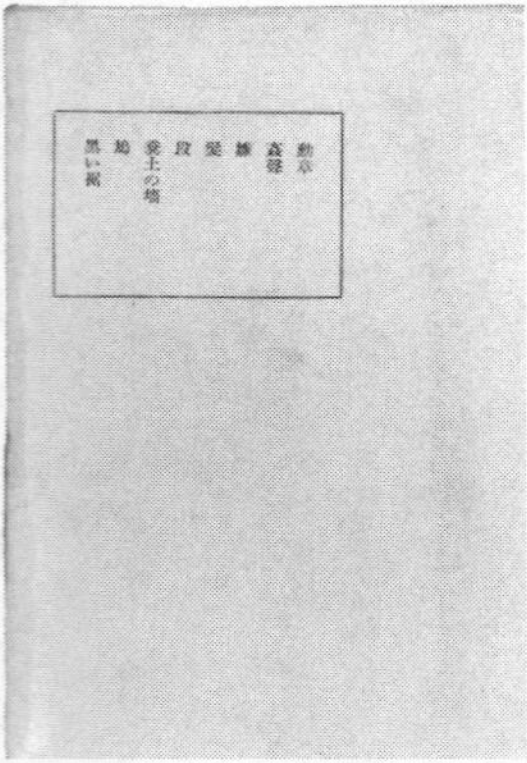

『黒い裾』函
（昭30・7 中央公論社）

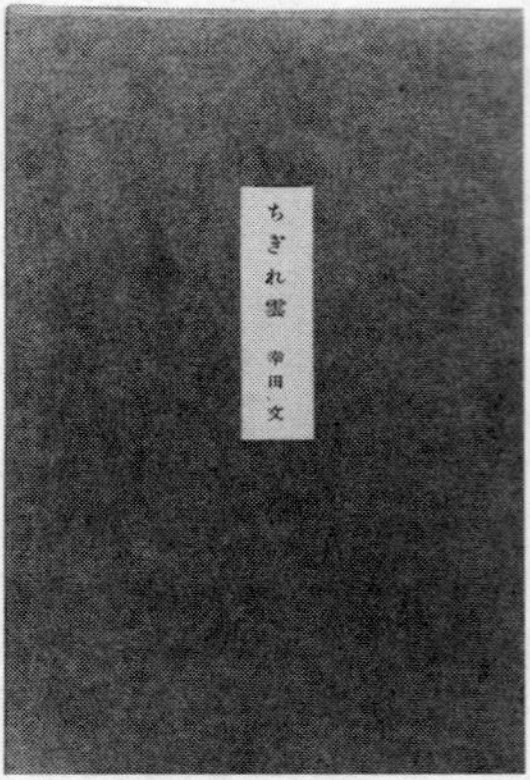

『ちぎれ雲』函
（昭31・6 新潮社）

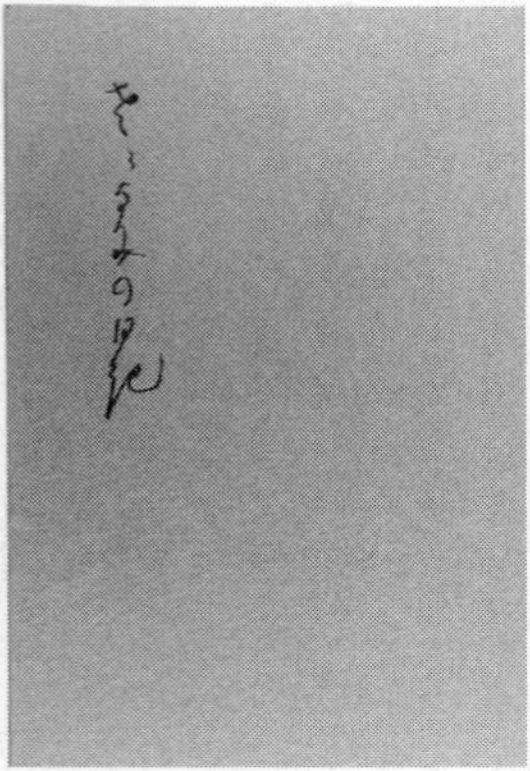

『さざなみの日記』表紙
（昭31・4 中央公論社）

幸田 文（昭和32年2月）

誌」と称した。二、三号（二、三合）で潰れたからである。

メチル・アルコールも、密売されていた。これは本来、塗料やホルマリン製造に使われるもので、酒がわりに飲むものではない。毒性が強く、飲む量によっては失明したり、死亡に至った。

「段」は、このメチル・アルコールが清酒に混ぜられ、堂々と売られていた「恐怖」を描いている。清酒と銘打たれて出回っているのだから、恐ろしい。うかつに飲むと、命を落す。

作者は、そんなこと、一言も説明しない。淡々と、父の仕事の打上げを叙す。そして、ささやかな祝宴の準備をする。食材を集め、招待客を決める。

当日、料理も調った。客も揃った。あとは、酒を運ぶタイミングである。

「私は知っている、食事が出るまえの席は人数《ひとかず》がふえるごとに話に調子がついて、高調子なやりとりが続いて一トしきりすると、こんどは逆におちついてくるものだ。へたをするとそのまま湿りつく場合もあるし、潮のさすように時を切って上向《うわむ》きになる席もある。酒を運びだすには耳がいるのだ」

台所の者は、座敷の気配を耳で聞き、酒を出す潮時をうかがっている。

「いつ出してもいいようなものが酒だが、きっかけを見て運びだすと、あとの給仕や料理の出しかたが楽になる」

これは、エッセイの文章である。

「それを私は知っていた。知っていながら、二度その折をはずしていた」

これは、小説の文章である。

「使いに出した娘が帰るのを待っているのだった」

ここで理由が明かされる。全く唐突に示されるので、読者は、おや？　とけげんな思いをする。

宴席に必要な物を、娘は買いに走らされたのだろうか？

いや、七厘の火の加減を言っているから、料理に欠かせない物のようである。

「使いにやった駅の薬屋」？　当時は調味料を薬屋で売っていたのだろうか？「そこで取る手間をたっぷり見て十分」？　薬屋で物を買うのではない。十分間も費すことって、一体、何だろう？

謎は深まって、これからが、ミステリーの筆致である。

「用意の酒は二本あった。そして、それが今更の当惑だった」

読者も、当惑している。「娘の帰って来ないことと酒の当惑とは、実は一ツものなのだ」

そう言われても、何だかわからない。作者はいよいよ気を揉ませる書き方をする。

「席をぶっこわすような酒の運びかたは到底忍びない、しゃんしゃんと手際《てぎわ》にやりたかった。やって見せたかった、やるのがあたりまえだと思った、やるべきだとおもった」

この、畳みかける文体が緊迫感を増す。

用意の酒の口金をはずし、銚子で燗をする。三本の銚子はすぐに空になり台所に戻ってくる。その頃に、娘が帰ってくる。青い顔をして、口がきけない。ばあやが差し出すコップの水を、飲んだか飲まないか、「娘はそこへへばって泣きだした」

「どの位？」

何のことだろう？

「え？　どの位？」

娘は答える。「二合でだめなの。」

ここで、作者は初めて、打ち明ける。

「メチールである。薬屋へ試験を頼んであったのだ」

娘の使いは、試験の結果を訊くことだった。薬屋の答えは、「二合でだめ」。二合で、潰れるというのである。カストリでなくメチールだから、潰れるのは死を意味する。

次の文章は、怖い。「戦後の酒は私は一本残らずかならず調べさせていた」

「私」が嫁いだ先は酒問屋であったことを、読者は「勲章」と「姦声」で知っている。酒問屋のおかみさんであった人が、酒を疑い、調べさせていたのだ。

怖いのは不信の念でなく、次の文章なのである。「そして一本残らず皆たしかな清酒だった。一本残らずだ、皆たしかだったのだ。一本残らずだ、一本残らず――」

この強調は何を意味するか。ショックを受けた「私」の、わけのわからぬ行動も、不気味さを増幅させている。

「段」のミステリータッチを楽しむには、しかし、メチールが恐ろしいものであり、これの混入された酒が家庭に入りこんでいた事実を知らないと半減する。

この短編のきわめつきは、結末の一行だろう。これぞタイトルの謎ときであり、小説らしい小説の文章である。

私は常々、幸田文の作品が、渋いわりには派手なのは、随処で色彩が光るからだろう、と思っている。色を効果的に用いている。

「姦声」のトラック運転手は、最初、「黒いジャンパー」姿で登場する。元旦には、「黒いモーニング」の盛装で現れる。「まっ白なカラやカフス」「黄いろく濁る眼」「地肌が赭《あか》かった」普段の彼は、「鼻の両脇にどす黒くたまった埃の顔」に「光線よけの青い庇《ひさし》をちょいとずらして」帽子をかぶる。

彼の運転するトラックは、「グリーンに白線をあしらっ」たもの、彼の自宅は、「呼びリンのポッチが赤く」「頭の上にはオレンジ色の豆電燈がつくようになっていた」

酒問屋が左前になり、夫は「私」に、運転手から金を借りてくれ、と頼む。「私」は棄て鉢な心持ちになり、運転手に頭を下げる。

金を持参した運転手は、とたんに無遠慮になり、「あんた、おひるは?」と問い、外へ出ていくと紙包みを持って戻る。そして音を立てて袋を裂く。

「出て来たのはジャミパンと称する、あやしげな赤いぬるぬるをくるみ込んで焼いたパンだった」

運転手は口の端に「赤いぬらぬら」をはみださせながら、時々、舌でその辺を舐めずりつつ、食べる。「赤いぬるぬる」であり、「赤いぬらぬら」である。「鼈甲《べっこう》に金でイニシアルを置いた」煙草ケースを開ける。

ある晩、ぬっと入ってきた彼は、「片頬が紫色に腫れあがって」いた。大勢を相手に喧嘩をしてきたのだ。「あいつら、こんだ出っくわしたら最後、車の下へ呑んでやる」と息巻く。

久しぶりに往来で従兄と出会った「私」は、歩きながら話をする。だしぬけに、雷のような音がして、眼の前に蜂の巣のようなトラックのラジエーターがある。とっさに「私」は従兄にかばわれている。「驚きましたかあ。」と、例の運転手が馬鹿笑いをする。

「気がおちつくと、なまいきに筋を運んで来たなと負けじ魂が起きあがっていた」

そして、前述した狼藉が出来《しゅったい》する。ここからは、色彩が無い。

色彩は、事が未遂に終った時点で現れる。「私」の髪は乱れ、「姿は全裸よりすさまじかった」。着物は片寄り、襦袢と肌着は、腰紐と帯あげでかろうじて体にまといついている。「赤い紐はきつく結ばれてなかなか解けない」

　この赤は、ジャミパンのぬるぬる、ぬらぬらの、気色悪い赤でなく、「負けじ魂」の、きりっ、と締まった赤である。

　思えば、短編集『黒い裾』は、「身にはまっくろなしきせ縞を纏《まと》っていた」（「勲章」）で始まり、喪服の「黒い裾」で終る。黒が基調の、小説集である。

　幸田文の作品は、また、言葉の面白さを抜きにしては語れない。へえ、こんな言葉があるのか、と日本語の幅広さ、奥の深さを教えられる。「なめられみたいな顔」（「糞土の墻」）なんて表現は、使ってみたい。鯨やウワバミになめられると、つるんとした顔になる。それを、なめられというらしい。

「それは決しておときさんの足しになる人間とは見えなかった」（同）の「足しになる」も、こういう風に使えば、垢抜けているし、センスがいい。

「ごろっちゃら」（「髪」）、「のべたやたら」「てんでわらわら」（「鳩」）、「しゃくい投げ」

「そうなると鏡も浅々《あさあさ》と薄い影を映しだすし、その影を見る千代も浅々としたこだわりなさで身じまいをする」（「黒い裾」）

「糞土の墻」は、作者が意識してユーモラスな表現を繰り出している。

「比久沢のじいさんばあさんはいくつだったか、要するにじいさんばあさんだった」

「きゅうりがへぼになった。ついで茄子の種が口に触《さわ》る。秋来ぬと眼にさやまめのふとりは著《しる》く」

「西欧義塾は夫人令嬢が美しく、早熟田《ませだ》大学は女学生の信頼あつく、わが天国大学は色彩なく、いささか貧乏臭かった」

「天知る地知るばあさん知る、知らずやあわれ！　垣は一面に粉飾してあろうとは！」

「先生は額を叩き、喉まで陽を入れて笑った」

もう、いいだろう。

この短編には、今はもう廃れた風習のいくつかが、当り前のように描かれている。たとえば、比久沢のばあさんは信心深く、何でもありがたくて拝んでしまう。お天気なら、お日様を拝む。

私が東京に出てきたばかりの昭和三十年代の下町では、ごく普通にこういう人を見かけた。信仰というより、今日も元気で一日を送れますように、という程度の祈りであったろう。あっちこっちの物干し台や、公園の片隅で、太陽に向って柏手《かしわで》を打つ人を見た。幸田文は、すまして、こう付け加えている。「雨の日は拝まない」

鎮守様の祭礼にはどこの家も強飯《こわめし》や煮しめというのに、こそこそと米をとぐ隣人がいて、それも粥《かゆ》の分量なのを見て同情し、比久沢のばあさんは重箱におこわを詰める。じいさんが、「ほらよ」と南天の葉を剪《き》ってやる。

難を転ずる、といって、南天は縁起の良い木なのである。赤飯を詰めた重箱の隅には、南天の葉を添えて、人に贈ったものだった。餅菓子屋さんで赤飯の折りを買うと、蓋《ふた》に南天の実と葉を描いた紙が巻いてある。昔の名残りが、わずかに包み紙にとどまっているわけだ。

幸田文の魅力を挙げると、きりがない。

最後に一つ記すと、会話の生きのよさ、である。

実際にこんな気のきいた会話をしていたのだろうか。私はいつも疑問に思うのだが、いけない、いつのまにか、また、幸田文の術中に陥っているのである。現実の幸田文がしゃべっているのではない。作品の「幸田文」が代弁しているのだ。

「黒い裾」のばあやが、語る。

「あてなしに喪服を作るなんて縁起でもありませんが、……その縁起は私が頂いて行くことになるんだろうと、そんな気あたりがしたもんで、なんだか涙がこぼれました。……奥さま、ご厄介をお願いします。」

この最後の言葉である。これは、「幸田文」語とでも評すべき、独特の言葉遣いだと思う。幸田文が意識して作りあげた「幸田文」語であり、会話なのである。

「雛」で、父が娘をさとす。

「人には与えられる福分というものがあるが、私はこれには限りがあるとおもう」という、長いセリフである。

この父は、もちろん露伴である。露伴の口跡を娘が忠実に写したものと、読者は想定しながら読んでいるが、当然の話ながら、幸田文のイメージした父の言葉で、つまりは「幸田文」語なのである。ただし、この父と娘は、親子性別を離れて、一体のようなところが見える。露伴は文《あや》であり、文は露伴なのだ。口跡がそっくりであっても不思議はない。

「黒い裾」で私が一番好きな文章がある。

「女も二十五を越すと、内面的な美や個性的な光りはふえるけれど、肩さきや後ろつきの花やかさは薄れる。鏡に映らない部分から老《ふけ》は忍びこむし、衰えは気のつかない隅《すみ》から拡がりはじめる。そんなときに黒はいちばんよく似あう著物なのだ。千代は喪服を著るごとに美しさが冴えた」

千代が「幸田文」自身と見るなら、人妻となり苦労して、あげく、トラック運転手に乱暴されそうになる。そんな目に遭ってほしくない。まして、そのことを、迫真の名文でつづって発表してほしくない。

若いファンは、心底そう思い、なぜか、ハラハラと落涙したのである。どうやら、作品の「幸田文」さんに恋をしていたらしい。

年譜

幸田文

一九〇四年（明治三七年）
九月一日、父幸田露伴、母幾美の次女として、東京府南葛飾郡寺島村大字寺島字新田（現・墨田区東向島一丁目）一七一六番地に生まれる。この時、姉歌は三歳、明治四〇年に弟成豊が誕生している。
一九〇八年（明治四一年）　四歳
東京府南葛飾郡寺島村大字寺島字新田一七三六番地の新居に転居。
一九一〇年（明治四三年）　六歳
四月八日、母幾美が死去。
一九一一年（明治四四年）　七歳
二月、父露伴が文学博士号を受ける。四月、寺島小学校に入学。
一九一二年（明治四五年・大正元年）　八歳
五月、姉歌が死去。一〇月、児玉八代を新しい母として迎える（大正二年七月入籍）。
一九一七年（大正六年）　一三歳
三月、寺島小学校を卒業し、翌月に麴町区（現・千代田区）にある女子学院に入学。夏休み期間中、父の教育を受けるようになり、以後、数年間続く。この頃から横尾安五郎に師事し論語の素読を習う。
一九二二年（大正一一年）　一八歳
三月、女子学院を卒業し、近所の掛川和裁稽古所に数ヵ月通う。

一九二三年（大正一二年）一九歳
九月一日、関東大震災に遭い、同月三日に千葉県四街道の岡倉一雄方に避難。
一九二四年（大正一三年）二〇歳
六月、小石川区表町（現・文京区小石川）六六番地に転居。
一九二六年（大正一五年・昭和元年）二二歳
一一月、弟成豊が死去。一二月末からチフスに感染、翌月には全快した。
一九二七年（昭和二年）二三歳
一月、父と伊豆旅行を楽しむ。小石川区表町七九番地に転居。露伴は自宅を蝸牛庵と命名。〈蝸牛庵というのはね、家がないという ことさ。身一つでどこへでも行ってしまうということだ〉（露伴）。
一九二八年（昭和三年）二四歳
一二月、山本直良の媒酌で、新川の清酒問屋三橋家の三男、幾之助と結婚（幾之助は幸田家に入籍）。芝区伊皿子（現・港区三田四丁目）五五番地に住む。
一九二九年（昭和四年）二五歳
一一月三〇日、女児を出産し、玉と命名する。
一九三一年（昭和六年）二七歳
この年の秋、小石川区表町一〇九番地に転居。
一九三五年（昭和一〇年）三一歳
一一月、小林勇を訪ね、離婚について相談する。もう半年努力してみたらどうかという忠告を受ける。
一九三六年（昭和一一年）三二歳
二月、玉を連れて実家にもどる。三月、幾之助と一緒に暮す決心をし、翌月、大森区新井宿（現・大田区山王）二丁目一六四七番地のアパートに移る。秋頃、築地で会員制の小売酒屋を営む。〈それは酒の小売をやることで、のみ屋ではないが、自分で配達したりするのである。築地の電車の終点の傍にある貧弱なビルディングの一室にその店はあった〉（小林勇）。
一九三七年（昭和一二年）　三三歳
京橋区西八丁堀（現・中央区八丁堀）に店を構える。四月、露伴が第一回文化勲章受章者となる。七月、麹町区隼町に転居。
一九三八年（昭和一三年）　三四歳
二月、夫幾之助が肺壊疽で東大病院の都築外科に入院し、手術を受ける。五月一〇日、小林勇が離婚の証人となり幾之助と離別し、玉を連れて実家にもどる。
一九三九年（昭和一四年）　三五歳
五月、夕飯のときに、父から芭蕉七部集の『炭俵』の講義を受け始める。七月、父とともに御殿場へ避暑に出かける。
一九四三年（昭和一八年）　三九歳
一一月三日、大河内正敏宅で父露伴の喜寿の祝いが催され、斎藤茂吉、小泉信三、武者小路実篤等とともに出席。
一九四五年（昭和二〇年）　四一歳
一月、前年暮に腎臓病で倒れた父の看病疲れから肺炎に罹る。三月四日、長野県埴科郡坂城町にいた義母八代が死去。東京に対する空襲が激しくなり、同月二四日、坂城に疎開。五月二五日、空襲で伝通院の蝸牛庵が焼失する。一〇月、坂城を引払い、父を伊東の松林館に移す。同月、土橋利彦の斡旋で千葉県市川市菅野一二〇九番地に借家住いをする。
一九四六年（昭和二一年）　四二歳
一月二八日、父露伴が菅野の借家に移り同居する。六月一四日、叔母幸田延が死去。一一月三日、自宅でささやかながら露伴八〇歳の祝いをする。
一九四七年（昭和二二年）　四三歳
七月三〇日、父露伴が死去。〈文子さんが静かな声で「お父さん、お静まりなさいませ」といった〉（小林勇）。八月、「芸林閒歩」（露伴先生記念号）に「雑記」を寄稿し、好評を博す。一〇月、「文学」（露伴追悼号）に「終焉」を、翌月の「中央公論」に「葬送の記――臨終の父露伴――」を発表。小石川伝通院の旧居跡に家を建てて移る。

一九四八年（昭和二三年）　四四歳
五月、「少年少女」に童話「あか」を発表。「週刊朝日」（23日号）に談話「顔」が掲載される。七月三〇日、神田の共立講堂で行われた露伴一周忌記念会で挨拶をする。九月、「週刊朝日」（19日号）に「この世がくもんか」を発表。一一月、「創元」に「あとみよそわか」を発表。一二月、「風花」に「おもひで二つ」、「放送文化」に「おんなの声」を発表。

一九四九年（昭和二四年）　四五歳
一月、「表現」に「正月記」を発表。「報知新聞」（夕刊）に「名も知らず」他を四回連載。二月、「中央公論」に幼少時代の綽名をタイトルにした「みそつかす」を連載（五月完結）。三月、「文学界」に「勲章」を発表。四月、「婦人公論」に小説「菜の花記」を発表。六月、「思索」に「姦声」を発表。同月、岩波書店より蝸牛会編纂による『露伴全集』第一期全二三巻を刊行（昭和二八年二月完結）し、月報に小文を執筆。七月、「報知新聞」（2日朝刊）に「目」を発表。一一月、「週刊朝日」（6日号）に高田保との対談「ふたつの椅子」が掲載される。一二月、中央公論社より『父――その死』を刊行。

一九五〇年（昭和二五年）　四六歳
三月、「中央公論」に「続みそつかす」を連載（八月完結）。四月、「夕刊毎日新聞」（7日）に談話「私は筆を断つ」が掲載される。八月、創元社より『こんなこと』を刊行。一二月、『人生に関する五十八章』（河出書房刊）に、「掃除」の題で、「あとみよそわか」が抄録される。

一九五一年（昭和二六年）　四七歳

一月、「婦人公論」に「草の花」を連載（一一月まで）。四月、岩波書店より『みそつかす』を刊行。五月、弘文堂より『露伴の書簡』を編集刊行。八月、「東京新聞」（12日夕刊）に「水辺行事」を発表。一〇月、「心」に「髪」を発表。一二月、「暮しの手帖」に「雑話」を発表。

一九五二年（昭和二七年）　四八歳

八月、河出書房より『露伴小品』を編集刊行。一一月三日、小石川の幸田家が東京都文化史跡の第一回指定を受ける。

一九五三年（昭和二八年）　四九歳

五月、露伴七回忌記念「五重塔」上演に際し、歌舞伎座で招待会を開催。六月、河出書房より『続露伴小品』を編集刊行。八月、「文芸広場」に「花ぬすびと」を発表。一〇月、「アララギ」（斎藤茂吉追悼号）に「風」を発表。

一九五四年（昭和二九年）　五〇歳

一月、「婦人公論」に「さゞなみの日記」を連載（一二月完結）。五月、叔父幸田成友が死去。六月、「俳句」に「段」を発表。岩波書店より『露伴全集』第二期全一七巻別巻一冊を刊行（昭和三三年七月完結）。七月、「新潮」に「黒い裾」を発表。九月、「文学界」に「二百十日」を発表。一一月、「随筆」に「廃園」を、「朝日新聞」（21日朝刊）に「六羽」を発表。一二月、「健康食」に「おふゆさんの鯖」を発表。

一九五五年（昭和三〇年）　五一歳

一月、「新潮」に「流れる」を連載（一二月完結）。「婦人画報」に「日々断想」を連載（一二月完結）。三月、「心」に「雛」を発表。五月、「立教大学新聞」（20日号）に「白い手袋」を発表。六月、「随筆」に「風の記憶」を発表。七月、中央公論社より『黒い裾』を刊行。一〇月、中央公論社より『露伴蝸牛庵歌文』を編集刊行。

一九五六年（昭和三一年）　五二歳
一月、「婦人公論」に「おとうと」を連載（翌年九月完結）。「婦人画報」に「身近にあるすきま」を連載（一二月完結）。「日本読書新聞」（1日号）に「〝みそつかす〟ができるまで」を再掲載。『黒い裾』で第七回読売文学賞を受賞。二月、「学鐙」に「紙」を、「中央公論」に「雨」を発表。新潮社より『流れる』を刊行。三月、「読売新聞」（1日朝刊）に「夕日と鮭」を、「別冊文藝春秋」に「あだな」を発表。「銀座百点」に座談会「露伴先生と芝居」が掲載される。四月、中央公論社より『さゞなみの日記』を刊行。六月、「日本読書新聞」（11日号）に書評「堀柳女著『人形に心あり』」を発表。新潮社より『ちぎれ雲』を刊行。七月、「朝日新聞」の「きのうきょう」欄に「夜空」（7日朝刊）他のエッセイを連載（一二月二九日まで）。二九日午後七時半より、伊藤保平との対談「文豪と酒」が文化放送で放送される。九月、「暮しの手帖」に「おにぎり抄」を、「文学界」に「夏され」を、「あまカラ」に「火」を発表。一〇月、「あまカラ」に「まつたけ」を、「群像」に「えんぴつ」を発表。一一月、「婦人之友」に「卒業」を、「新潮」に「食欲」を、「小説新潮」に「町の犬」を発表。一二月、成瀬巳喜男監督の東宝映画「流れる」が第一一回芸術祭文部大臣賞を受賞。文藝春秋新社より『包む』を刊行。新潮社より『露伴蝸牛庵語彙』を編集刊行。『流れる』で第三回新潮社文学賞を受賞。

一九五七年（昭和三二年）　五三歳
一月、「新潮」に「猿のこしかけ」を連載（一二月完結）。娘玉との対談「母子問答」が「婦人画報」に掲載される。「読売新聞」（4日夕刊）に「近況報告」を、「あまカラ」に「番茶と湯豆腐」を発表。二月、「婦人画報」に「暮していること」を連載（一二月完結）。

「婦人公論」に「笛」を発表。新橋演舞場発行の「新派大合同二月公演」パンフレットに「〝流れる〟といふ言葉」を、「あまカラ」に「二月の味」を発表。四月、「新女苑」に「小部屋」を、「あまカラ」に「出合ひもの」を、「随筆サンケイ」に「小ばなし三つ」を発表。五月、「あまカラ」に「こころみ」を発表。六日、国際観光ホテルで芸術院賞・新潮社文学賞・読売文学賞の受賞パーティーが催される。『〈流れる〉おぼえがき』（私家版）を刊行。二三日、第一三回日本芸術院賞の授賞式に出席。六月、「婦人朝日」に「どうせ馬鹿」を連載（一二月完結）。七月、中央公論社より『笛』を刊行。八月、「あまカラ」に「夏の台所」を発表。九月、「婦人之友」に座談会「ものを書くこころ」が掲載される。中央公論社より『おとうと』を刊行。一〇月、「あまカラ」に「秋の味」を発表。角川書店より『身近にあるすきま』を刊行。

一九五八年（昭和三三年）　五四歳

一月、「婦人公論」に「駅」を連載（一二月完結）。「婦人画報」に「栗いくつ」を連載（一二月完結）。「群像」に「雪もち」を、「新潮」に「不機嫌な人」を発表。「朝日新聞」（1日朝刊）に「境」を発表。二月、「あまカラ」に「食べるものを話す」を、「中央公論」に「裏口から入る人」を発表。三月一六日より、「NHK新聞」の「回転どあ」欄に連載（翌年一二月二七日完結）。四月、「茶の間」に「やけどばなし」を、「銀座百点」に「銀座の人」を発表。東京創元社より『番茶菓子』を刊行。五月、「週刊読書人」（5日号）に「推理小説書けない記」を発表。六月、「アカハタ」（2日）に「おしろい」を発表。七月、中央公論社より『幸田文全集』全七巻を刊行（翌年二月完結）。九月、新潮社より『猿のこしかけ』を刊行。一〇月、村山知義演出の「おとうと」が新橋演舞場で上演される。一一月、「週刊朝日」別冊に「草履」を発表。

一九五九年（昭和三四年）　五五歳

一月、「婦人公論」に「ルポルタージュ　男」を連載（一二月完結）。「少女ブック」に「ふとった子」を連載（七月完結）。「婦人画報」に「動物のぞき」を連載（一二月完結）。「婦人之友」に「北愁」を連載（翌年九月完結）。「西日本新聞」に「雀の手帖」を一〇〇回連載（五月六日完結）。三月、中央公論社より『駅』を刊行。六月、「毎日新聞」の「憂楽帳」欄に「参考書」（5日夕刊）他のエッセイを連載（八月二八日完結）。七月、「うえの」に「つきあたり」を発表。「産経新聞」の「風神」欄に「置石」（5日夕刊）他を連載（八月一六日完結）。八月、「産経新聞」の「思うこと」欄に「夜」（23日夕刊）他を連載（九月二七日まで）。一〇月、「うえの」に「上野駅」を発表。中央公論社より『草の花』を刊行。一一月、長女玉が肺結核専門医青木正和と結婚。一二月、「朝日新聞」（14日朝刊）に「はなむけ」を発表。「読売新聞」（27日朝刊）に中山伊知郎との対談「父・露伴」が掲載される。

一九六〇年（昭和三五年）　五六歳

二月、「うえの」に「いり豆」を、三月、「朝日新聞」（20日朝刊）に「のろのろと」を発表。五月、「若い女性」に「離れるということ」を発表。六月、「酒」に「芦つ原」を発表。八月、「週刊旅行」に「旅ざかり」を発表。一一月、「茶の間」に「せまいはなし」を発表。一二月、市川崑監督の大映映画「おとうと」が第一五回芸術祭文部大臣賞を受賞。

一九六一年（昭和三六年）　五七歳

四月、「新潟日報」の「夕閑帖」欄に「しあわせぼけ」他を四回連載（六月二五日完結）。五月、「週刊文春」（29日号）に「おんなと靴下」を連載（七月一〇日完結）。六月、「うえの」に「ながあめ」を、八月、「学鐙」に「川すじ」を発表。一〇月一二日、男子の初孫、尚が誕生。

一九六二年（昭和三七年）五八歳

一月、「朝日新聞」（30日朝刊）に「消防車」を発表。四月、「新潮」に「ひとり暮し」を発表。五月、「文芸朝日」に「あじの目だま」を発表。六月、「いづみ」に「木と私」を、「新潮」に「台所のおと」を発表。七月、「うえの」に座談会「ゆかた談義」が掲載される。一〇月、「若い女性」に「ゆでたまご」を、「新潮」に「あらしの余波」を発表。一一月、「小説新潮」に「茶碗の塔」を、「文芸朝日」に「紺平の弟子入り」を発表。

一九六三年（昭和三八年）五九歳

一月、「婦人之友」に「祝辞」を発表。二月、「うえの」に「針供養」を発表。四月、「新潮」に「あとでの話」を発表。八日、叔母のバイオリニスト安藤幸が死去。一四日、女子の孫、奈緒子が誕生。五月、「銀座百点」に「風の晩」を発表。「随筆サンケイ」に「寺島蝸牛庵あと」他を掲載（一二月完結）。一〇日午後八時より、ＮＨＫテレビの番組「文芸劇場」で戌井市郎脚色の「流れる」が放送される。六月、「朝日新聞」（22日朝刊）に「棒縞」を発表。七月、「文芸朝日」に「下町のしっぽ」を発表。「新潟日報」の「おんなとくらし」欄に「夏をきざむ」（16日朝刊）他を連載（昭和四〇年一月一二日まで）。八月、「新潮」に「おないどし」を発表。九月、「うえるかむ」に「旅のくせ」を発表。一〇月、「新潮」に「ぬり箸たけ箸」を発表。

一九六四年（昭和三九年）六〇歳

一月、「文芸朝日」に「日向ぼっこ」を発表。一一月、「心」に「玉虫」を発表。一二月、「文芸朝日」に「鍋の歳末」を発表。

一九六五年（昭和四〇年）六一歳

一月、「婦人之友」に「闘」を連載（一二月完結）。「短歌研究」に「机辺」他のエッセイを連載（一一月完結）。「朝日新聞」（10日朝刊）に「好きなこと好きなもの」を発表。三月、「父母教室」に談話「女のしあわせ」を、「朝日新聞」（5日夕刊）に「きいろい花」を、同紙（13日朝刊）に「川すじの思い」を発表。四月、「月刊東海テレビ」に「金色の歯」を発表。六月、「心」に「たまの好い日」を発表。「新潮」に「きもの」を連載（昭和四三年八月まで）。八月、「暮しの手帖」に「電子計算機さま、私に一番向いてる職業を教えて下さい」を発表。一〇月、「こうさい」に「秋冬随筆」を連載（翌年三月完結）。「朝日新聞」（29日朝刊）に「文火武火《ぶんかぶか》」を発表。一一月、「朝日新聞」（26日朝刊）に「小取《こど》りまわし」を発表。一二月、「暮しの手帖」に「もちこみ」を、「朝日新聞」（24日朝刊）に「重い母」を発表。

一九六六年（昭和四一年）六二歳

一月、「教育家庭新聞」（1日号）に「下手な天ぷら」を、「文芸」に「呼ばれる」を発表。「暮しの設計」に「暮しのことば」を連載（九月完結）。二月、「文藝春秋」に「みみずく」を、「朝日新聞」（4日朝刊）に「〝なみなあいさつ〟」を発表。三月、「朝日新聞」（4日朝刊）に「水」を発表。五月、「日本文学一〇〇年の流れ──明治の文豪展」カタログに「父の思い出」を再録。七月、「心」（小宮豊隆追悼号）に「かえ紋」を、「婦人公論」に「もの言わぬ一生の友」を発表。

一九六七年（昭和四二年）六三歳

一月、「毎日グラフ」の「イヤホン」欄に「きもの」を連載（一二月完結）。二月、「家庭画報」の「奥様の手帖」欄に「雫」他を連載（一二月完結）。一三日、「私の生きかた」と題し桐朋学園で講演。八月、「うえの」に「すえひろ」を、「学鐙」に「ひょうたん」を発表。一二月、「新潟日報」の「女とくらし」欄に「女のこごと」（3日朝刊）他を一五回連載。

一九六八年（昭和四三年）　六四歳

一月、「心」に「地がね」を発表。「主婦の友」に「おんな十二ヵ月」を連載（一二月完結）。五月、「うえの」に「さつきの鯉の吹流し」を、「学鐙」に「すわる」を発表。九月、「暮しの設計」に「たねを播く」を発表。

一九六九年（昭和四四年）　六五歳

一月、「楽しいわが家」に「くらしのうちそと」を連載（一二月完結）。三月、「新潟日報」に「ピーナッツ」他を一〇回連載。五月、「うえの」に「切通し風景」を発表。八月、『対話の精神』（桐朋教育研究所）に「わたしの生きかた」を収録。九月、「うえの」に「月の塵」を発表。一二月、「婦人之友」に「おきみやげ」を発表。

一九七〇年（昭和四五年）　六六歳

三月、「うえの」に「春のきざし」を発表。五月、四月、「ひろば」に「にがて」を発表。五月、「朝日新聞」「ひろば」（28日朝刊）の「舞台再訪――私の小説から」欄に寄稿。一〇月、「うえの」に「濃紺」を発表。

一九七一年（昭和四六年）　六七歳

一月、「学鐙」に「木」を二〇回連載（昭和五九年六月まで）。四月、「ひろば」に「すみれ」を発表。五月、「朝日新聞」（23日朝刊）に「荒々しい好意」を発表。八月、「うえの」に「夏の錯覚」を、「中央公論」に「法輪寺の塔」を発表。一〇月、「うえの」に「あとほのぼのと」を、「朝日新聞」（31日朝刊）に「秋の季感」を発表。一二月、「朝日新聞」に「胸の中の古い種」を三回連載（13、20、27日朝刊）。この年、各所で法輪寺に関する講演を行う。

一九七二年（昭和四七年）　六八歳

三月、「文藝春秋」に「花の匂い」を発表。

五月、「図書」に「蝸牛庵静寂」を発表。九月、「婦人之友」に「終止」を発表。一二月、「朝日新聞」(8日朝刊)が法輪寺三重塔復元に尽力する姿を、「飛鳥の塔復元に打込む幸田文さん」という記事で紹介。

一九七三年(昭和四八年)六九歳

四月、「暮しの手帖」に「ございません」他のエッセイを連載(昭和五〇年四月完結)。六月、新潮社より『闘』を刊行。七月、「朝日新聞」(20日朝刊)に「ちどりがけ」を発表。八月、「波」に「生き継ぐ」を発表。九月五日、『闘』が第一二回女流文学賞に決まる。一〇月一六日、丸の内の東京会館で授賞式が催される。一一月、「朝日新聞」(22日朝刊)に「露伴全集のこと」を発表。

一九七四年(昭和四九年)七〇歳

一月、「婦人公論」に「福」を発表。

一九七五年(昭和五〇年)七一歳

一月、「波」に「上棟」を発表。四月、「図書」に「再建の塔」を発表。六月、「ひろば」に「音」を発表。

一九七六年(昭和五一年)七二歳

一月、「学鐙」に「杉(1)」を発表。二月、「俳句」(角川源義追悼号)に「心づかい」を発表。「朝日新聞」に「春はまだ寒く」を五回連載。三月、「新潮」に「老いのほど」を、「学鐙」に「杉(2)」を、「週刊文春」(11日号)に「塔は歳月を経て姿をきめる」を発表。四月、「学鐙」に「木のきもの」を発表。六月、「学鐙」に「安倍峠にて」を、「うえの」に「杉柴の道」を発表。八月、「婦人公論」に「倒木」を発表。九月、「学鐙」に「たての木よこの木」を、「図書」に「いかるが三井」を発表。一一月、「オール読物」に「目出しダルマ」を発表。「婦人之友」に「崩れ」を連載(翌年一二月完結)。この月、日本芸術院会員に選ばれる。

一九七七年(昭和五二年)七三歳

一月、「学鐙」に「木のあやしさ」を発表。「世界」に西岡常一との対談「檜が語りかける」が掲載される。二月、「学鐙」に「杉(3)」を、「読売新聞」(1日夕刊)に「寒あける」を発表。同月、「日記から」を「朝日新聞」に連載(三月一二日まで)。五月、「うえの」に「あだ名」を、「新潮」に「くさ笛」を発表。六月、「うえの」に「金魚」を発表。

一九七八年(昭和五三年)　七四歳

一月、「学鐙」に「灰」を発表。二月、「文芸」に「記憶」を発表。四月、「学鐙」に「材のいのち」を発表。八月、「雑草とさかな」他を「ウーマン」に連載(翌年四月まで)。一〇月、「うえの」に「あき」を発表。

一九七九年(昭和五四年)　七五歳

一月、「うえの」に入江相政との対談「日本の心」が掲載される。五月、「うえの」に「再会」を発表。

一九八〇年(昭和五五年)　七六歳

一月、「うえの」に「鯉こく」を発表。「図書」に座談会「東京言葉」が掲載される。二月、「新潮」に「オンコの木と再び逢う」を発表。一〇月、「図書」に「子どものころ」を発表。

一九八一年(昭和五六年)　七七歳

一月、「うえの」に「むかし正月いま正月」を発表。二月、「建設月報」に「砂」を発表。五月、テレビ朝日の番組「徹子の部屋」に出演し、二二日午後一時一五分より放送される。「朝日新聞」(25日朝刊)のテレビ番組欄「ビデオテープ」に「徹子の部屋」のトークが抄録される。八月、「学鐙」に「この春の花」を発表。九月、「婦人之友」に辻邦生との対談「人生と〝縁〟を語る」が掲載される。「うえの」に「かぶりもの」を発表。

一九八二年(昭和五七年)　七八歳

三月、「うえの」に「いきもの」を発表。五月、「新潮45+」に「一点の青」を発表。一〇月、「学鐙」に「松楠杉」を発表。

一九八三年（昭和五八年）　七九歳

一月、「うえの」に「うめ」を発表。四月、「うえの」に「はなと水」を発表。七月、「明日の友」に「落花艶麗」を発表。

一九八四年（昭和五九年）　八〇歳

五月、「うえの」に「いいお年ごろ」を発表。「新潮45+」に対談「明治の男いまの男」が掲載される。六月、「学鐙」に「ポプラ」を発表。

一九八五年（昭和六〇年）　八一歳

九月、「うえの」に「いい男」を発表。一二月、「旅」に「お寺さんと坂——小石川——」を発表。

一九八六年（昭和六一年）　八二歳

七月、「婦人之友」に「遠花火」を発表。

一九八八年（昭和六三年）　八四歳

一月、「グリーン・パワー」に「むら育ち」を連載（一二月まで）。四月、「婦人之友」に「私のいい男ばなし」を連載（六月完結）。五月、脳溢血で倒れ、自宅で療養。

一九九〇年（平成二年）　八六歳

一〇月二九日、心筋梗塞の発作を起し、三一日午前三時四〇分、心不全のため死去。一一月二日午前一一時半より、小石川の自宅で告別式が行われる。喪主は孫の尚。

一九九四年（平成六年）　没後四年

八月、娘玉が『小石川の家《うち》』で作家デビュー。一二月、岩波書店より『幸田文全集』第一期全二三巻の刊行開始（平成九年二月完結）。

一九九八年（平成一〇年）　没後八年

九月、孫奈緒子（青木奈緒）が『ハリネズミの道』で作家デビュー。

二〇〇一年（平成一三年）　没後一一年

一〇月、東京都近代文学博物館で、露伴、文、玉、奈緒の展示を中心にした「幸田家の人々」展が開催される。

（藤本寿彦・編）

著書目録

幸田文

【単行本】

父――その死　昭24・12　中央公論社
こんなこと　昭25・8　創元社
みそつかす　昭26・4　岩波書店
黒い裾　昭30・7　中央公論社
流れる　昭31・2　新潮社
さゞなみの日記　昭31・4　中央公論社
ちぎれ雲　昭31・6　新潮社
包む　昭31・12　文藝春秋新社
〈流れる〉おぼえがき　昭32・5　私家版
（昭32・11　経済往来社）
笛　昭32・7　中央公論社
おとうと　昭32・9　中央公論社
身近にあるすきま　昭32・10　角川書店
番茶菓子　昭33・4　東京創元社
猿のこしかけ　昭33・9　新潮社
駅　昭34・3　中央公論社
草の花　昭34・10　中央公論社
闘　昭48・6　新潮社
崩れ　平3・10　講談社
木　平4・6　新潮社
台所のおと　平4・9　講談社
きもの　平5・1　新潮社
季節のかたみ　平5・6　講談社
雀の手帖　平5・12　新潮社
月の塵　平6・4　講談社
動物のぞき　平6・6　新潮社

幸田文対話　平9・3　岩波書店
（以下編著）
露伴の書簡　昭26・5　弘文堂
露伴小品　昭27・8　河出書房
続露伴小品　昭28・6　河出書房
露伴蝸牛庵歌文　昭30・10　中央公論社
露伴蝸牛庵語彙　昭31・12　新潮社

【全集】

幸田文全集　昭33・7～昭34・2
全七巻　中央公論社
幸田文全集（第一期）平6・12～平9・2
全二三巻　岩波書店
幸田文全集（第二期）平13・7～平15・6
全二三巻、別巻一　岩波書店
創作代表作選集16、昭30・9、昭32・4
19　講談社
年鑑代表作シナリオ　昭32・8　三笠書房
集　一九五六年版
現代国民文学全集35　昭33・10　角川書店
現代紀行文学全集2　昭34・9　修道社
日本文学全集59　昭34・12　新潮社
新選現代日本文学全　昭35・5　筑摩書房
集12
年鑑代表作シナリオ　昭36・5　ダヴィッド社
集　一九六〇年版
昭和文学全集15　昭37・6　角川書店
世界の旅10　昭37・9　中央公論社
世界教養全集別巻I　昭37・11　平凡社
少年少女日本文学全　昭38・5　講談社
集21
文学選集28　昭38・7　講談社
日本の文学50　昭41・6　中央公論社
日本現代文学全集96　昭41・9　講談社
現代の文学13　昭41・11　河出書房新社
人生の本1　昭41・11　文藝春秋
現代文学大系39　昭43・1　筑摩書房
生活の本4、7、10　昭43・2、5、8

現代日本文学館40　昭43・6　文藝春秋
10冊の本2、10　昭43・10、昭44・5　主婦の友社
日本短篇文学全集7　昭44・4　筑摩書房
現代日本文学大系69　昭44・11　筑摩書房
カラー版日本文学全集33　昭45・1　河出書房新社
日本文学全集30　昭46・7　新潮社
新編人生の本9　昭47・6　文藝春秋
新潮日本文学38　昭48・12　新潮社
現代の女流文学5　昭49・12　毎日新聞社
現代日本紀行文学全集　東日本編　昭51・8　ほるぷ出版
少年少女日本文学全集21　昭52・2　講談社
筑摩現代文学大系40　昭53・9　筑摩書房
新潮現代文学34　昭55・5　新潮社
昭和文学全集8　昭63・9　小学館
ちくま日本文学全集　平5・4　筑摩書房
51
新・ちくま文学の森　平7・1　筑摩書房
5
日本の名随筆（以下すべて別巻）61、68、70、71、76、77、79、80、89　平8・3、10、12、平9・1、6、7、9、10、平10・7　作品社
女性作家シリーズ22　平10・2　角川書店
花の名随筆5、11、12　平11・4、10、11　作品社

【文庫】

こんなこと（解＝塩谷賛）　昭26　創元文庫
父――その死（解＝塩谷賛）　昭28　創元文庫
幸田文随筆集1　父・こんなこと（解＝塩谷賛）　昭29　角川文庫
父・こんなこと（解＝塩谷賛）　昭30　新潮文庫

流れる（解なし）　昭31　新潮小説文庫
流れる（解＝高橋義孝）　昭32　新潮文庫
おとうと（解＝篠田一士）　昭43　新潮文庫
黒い裾（解＝秋山駿）　昭43　新潮文庫
北愁（解＝芹沢嘉久子）　昭47　新潮文庫
みそっかす（解なし）　昭58　岩波文庫
闘（解＝小松伸六）　昭59　新潮文庫
ちぎれ雲（人＝中沢けい　年＝藤本寿彦　著）　平5　文芸文庫
番茶菓子（人＝勝又浩　年＝藤本寿彦　著）　平5　文芸文庫
包む（人＝荒川洋治　年＝藤本寿彦　著）　平6　文芸文庫
崩れ（解＝川本三郎　年＝藤本寿彦）　平6　講談社文庫
台所のおと（解＝高橋英夫）　平7　講談社文庫
木（解＝佐伯一麦）　平7　新潮文庫
草の花（解＝池内紀　年＝藤本寿彦　著）　平8　文芸文庫
季節のかたみ（解＝森まゆみ）　平8　講談社文庫
きもの（解＝辻井喬）　平8　新潮文庫
月の塵（解＝森まゆみ）　平9　講談社文庫
雀の手帖（解＝出久根達郎）　平9　新潮文庫
駅・栗いくつ（解＝鈴村和成　年＝藤本寿彦　著）　平10　文芸文庫
猿のこしかけ（解＝小林裕子　年＝藤本寿彦　著）　平11　文芸文庫
回転どあ・東京と大阪と（解・年＝藤本寿彦　著）　平13　文芸文庫
台所のおと　みそっかす（解＝青木奈緒）　平15　岩波少年文庫
さざなみの日記（解＝村松友視　年＝藤本寿彦　著）　平19　文芸文庫

「著書目録」には原則として再刊本等は入れなかった。（　）内の略号は、解＝解説　人＝人と作品　年＝年譜　著＝著書目録を示す。

（作成・藤本寿彦）

本書では、「勲章」は岩波書店刊『幸田文全集』第一巻（一九九四年一二月）を、「姦声」「糞土の墻」「鳩」は同じく第二巻（一九九五年一月）を、「髮」「段」「黒い裾」は同じく第三巻（一九九五年二月）を、「雛」は同じく第四巻（一九九五年三月）を底本とし、旧かなを新かな遣いに改め、ふりがなを適宜増減いたしました。また、底本にある表現で、今日からみれば不適切と思われるものがありますが、作品の時代背景および著者が故人でもあることなどを考慮し、そのままにしました。

黒《くろ》い裾《すそ》

幸田《こうだ》文《あや》

二〇〇七年一二月一〇日第一刷発行
二〇二二年 五 月一九日第五刷発行

発行者——鈴木章一
発行所——株式会社 講談社
東京都文京区音羽2・12・21 〒112-8001
電話 編集（03）5395・3513
販売（03）5395・5817
業務（03）5395・3615

デザイン—菊地信義
印刷——株式会社KPSプロダクツ
製本——株式会社国宝社
本文データ制作—講談社デジタル製作

定価はカバーに表示してあります。

講談社
文芸文庫

ISBN978-4-06-198497-4

講談社文芸文庫

▶解=解説 案=作家案内 人=人と作品 年=年譜を示す。 2022年5月現在